너는
갔어야 했다

다니엘 켈만
임정희 옮김

너는 갔어야 했다

차례

12월 2일

야나와 엘라는 2인승 자전거로 국도를 달린다. 눈부신 태양, 물결치는 들판, 신나는 음악. 핸들을 잡은 엘라, 두 팔을 벌린 야나, 클로즈업: 햇살에 눈이 부셔 기분 좋게 깜빡이는 야나. 그때 돌부리에 걸린 자전거가 길을 벗어나 넘어진다. 고통스러운 비명. 중단된 음악, 어두워지는 화면, 시작 타이틀. 곧 이어지는 적절한 음향.

이곳 산 위에서 새 노트를 시작하니 제법 어울린다. 새로운 환경, 새로운 아이디어, 새로운 시작. 신선한 공기.
지난주에 에스터는 네 살이 되었다. 이제 일이 한결 쉬워질 것이다. 누가 에스터를 깨울지, 누가 에스터를 재울지, 누가 블록이나 장난감 기차나 레고로 에스터와 놀아 줄지를 두고 계속 싸우던 일도 이제는 확연히 없어졌다. 에스터는 이제 혼자서 할 수 있는 게 아주 많아졌다.

차가운 기운으로 푸르스름한 두 개의 빙하, 그 아래로 깎아지른 화강암 그리고 연무로 인해 매끈하고 짙푸른 평지로 변해 버린 숲. 약간 구름 낀 하늘, 구름 하나가 태양 쪽으로 서서히 밀려가더니 하얀 실타래 같은 바퀴살 주변으로 불꽃 화환을 둘러놓는다.

우리가 빌린 집 앞으로는 100미터 정도의 완만하게 비탈진 초원이 숲 가장자리까지 이어져 있다. 가문비나무, 소나무 그리고 희끗희끗한 거대한 목초지. 창문을 열면 바람이 속삭이는 소리가 들린다. 들리는 소리라곤 그것뿐이다. 저 깊은 아래 계곡에는 주사위처럼 작은 집들이 있고, 계곡을 따라 세로로 세 개의 띠, 그러니까 도로와 강과 철도가 가로지른다. 연필로 가느다란 선을 그은 듯 꾸불꾸불한 길이 갈라져 나 있고, 우리는 그 길로 올라왔다.

그러다 보니 차를 타고 다니는 것은 끔찍하다. 도로는 가파른데 가드레일 하나 없고, 수잔나는 거침없이 운전한다. 나로서는 잠자코 있기가 힘들다. 그래서 유감스럽게도 내가 몇 마디 했다가 남은 길 내내 그 문제로 다투었다.

구름 뒤에 가려져 있던 태양이 방금 모습을 드러내자 이제 하늘은 더 눈이 시리고 반짝거리며 찬란해진 광휘 속에서 자취를 감춘다.

너무 심한 은유일까? 태양은 어디로도 떠밀려 가지 않고, 바람이 구름을 밀고 가니 당연히 하늘은 결코 자취를 감추는 법이 없다. 더 눈이 시리고 반짝거리며 찬란해진 광휘, 나쁘지 않다.

이 집은 예외적으로 인터넷에 올라온 사진보다 실제가 더 좋은 경우다. 곰팡내 나는 알프스 오두막이 아니라 간결하게

2층으로 지은 새 집으로, 위층에는 좁다란 발코니와 커다란 거실 창문이 딸린, 건축가가 지은 집이 분명하다.

눈부시게 하는 광휘
불 구름
창공을 가로질러 굴러가는 태양
허공에 아로새겨진 산들

창공, 고풍스러운 단어다. 차라리 일상어가 낫겠다, 하늘. 창공이란 단어는 조연 배우가 두 번 사용하게 하자. 더 할 필요는 없다. 이미 캐릭터를 잡았으니까.

화면이 서서히 밝아지는 가운데, 야나가 장바구니를 들고 거리를

그 뒤를 이어 쓰려는 순간, 아들이 집에 들어왔다. 아들이 집에 있으면 집중이 되지 않는다. 이제 아들은 양탄자 위에서 놀며 시끄러운 소리를 내고, 나는 일한다는 걸 알리느라 계속 끄적거린다. 수잔나는 내가 일하는 것처럼 보이지 않으면 계속 이 말만 되풀이하기 때문이다. 한탄하지 마, 일도 안 하면서. 그래서 나는 글을 쓰고, 또 쓰고, 또 쓰며 바쁜 척을 하는데, 사실 바쁘기도 한 것이 제작사가 내 글만 기다리기 때문이다.
나는 수잔나를 사랑하고, 다른 삶을 원하지도 않는다. 우리는 왜 계속 다투는 걸까?
또 시작이다. 수잔나가 못마땅한 듯 양탄자에서 일어서자, 그 순간 나는 이미 생각했다. 이제 시작이군. 그러자 수잔

나는 내가 예상한 바로 그 말을 실제로 했다. 우린 이제 막 도착했어, 당장 일부터 시작할 건 없잖아, 한 번쯤은 가족과 시간을 보낼 수도 있어야지, 등등.

하지만 그러다가는 아무것도 안 돼, 작품이 안 나온다고! 내가 말했다.

당신 시나리오 말이야?

수잔나는 늘 이런 식으로 이 단어를 강조했다. 어떻게 해야 내 화를 가장 잘 돋울 수 있는지 정확히 알았다. 나는 당연히 그 덫에 걸려들었다. 시나리오는 작품이 아니라는 거야? 내가 소리쳤다.「라 스트라다」,「배리 린든」이것도 작품이 아니야?

그러자 수잔나가 차분함을 되찾았다. 시나리오는 창작물이지 작품이 아니야. 당신이 말하는 의미에서는 아니라고.「최고의 여자 친구 2」, 글쎄.

언젠가 이 모든 것에 관해 영화를 쓰고 말리라. 긴 대사, 무수한 플래시백, 음악 없이. 영화 제목은 '부부'로 할 것이다. 이런 제목의 영화는 아직 없어서 놀랍게도 사용 가능하다.

내가 대답하지 않고 그냥 입 다물고 있었더라면 싸움은 피할 수 있었을 텐데. 하지만 나는 수잔나가 작품이 아니라 창작물로 여기는 그 시나리오, 특히「최고의 여자 친구 1」로 받는 저작료로 우리 집의 대출이자를 갚는다는 사실을 상기시키지 않을 수 없었다. 수잔나가 어린아이에게는 정원이 꼭 필요하다는 이유로 정원 딸린 빌라에 집착하는 바람에 우리는 빌라를 소유하게 되었지만 대출금은 아직 많이 남아 있고, 에스터는 결코 정원에서 노는 법이 없었다. 그러니 내가 가장 성공시킨 영화의 속편을 쓰지 않으면 이자는 어떻게 갚겠는가?

수잔나는, 내가 쓰는 시나리오가 마치 「미나 폰 바른헬름」이나 「깨진 항아리」 같은 명작이라도 되는 양 굴지 않는다면, 내 희극에 전혀 반대할 생각이 없다고 말했다. 수잔나가 늘 이렇게 고전 작품을 들먹이는 이유는 자신이 독일 문학과 고전 어문학을 전공했다는 사실을 상기시키려는 것인데, 반면 나는 대학에 다닌 적이 없다. 또 수잔나는 손으로 글을 쓰는 유별난 내 버릇이 마치 시인인 양 젠체하는 행동이어서 조금도 봐줄 수가 없다고 했다. 그러더니 한 발 뒤로 물러선 수잔나는 배우가 재능을 발휘하지 못할 때에만 내는 요란한 웃음을 터뜨렸다. 웃음소리가 어찌나 가식적인지 내 등으로 소름이 쫙 끼쳤고, 바로 그 순간 인형 팔을 부러뜨린 에스터가 엉엉 울며 접착제를 찾는 바람에 우리는 싸움을 멈췄다. 이 산 위에서 접착제를 어떻게 구한단 말인가?

이제 두 사람은 부러진 인형 위로 몸을 숙인 채 이리저리 조각을 맞춰 가며 기적을 기다렸고, 나는 계속 글을 쓰며 눈길도 주지 않음으로써 그런 허튼 짓거리에 동참하기에는 내가 너무 바쁘다는 걸 분명히 했다. 인형은 망가졌다.

부부. 관건은 서로 사랑하는가에 있다. 나는 수잔나 없이 살고 싶지는 않다. 수잔나의 배우다운 연극적인 웃음조차 그리울 테니까. 그리고 수잔나도 나 없이는 안 된다. 서로 지금처럼 신경만 거슬리게 하지 않는다면.

가 버려, 만약

12월 3일

어제는 다시 관계를 회복하기에 앞서 아이부터 침대로 데려가야 했다. 아이가 깨어 있는 한 화해는 생각조차 할 수 없다. 그러고 나서 우리는 거실 창가에 나란히 서서 밤경치를 내다보았다. 새까만 벨벳에 날카롭게 박힌 수천 개의 점들, 그아래로 희미하게 반짝이는 두 빙하의 윤곽, 그리고 우리 앞에펼쳐진 비탈이 하얀 빛을 받아 대낮처럼 환한 걸 보니 우리 집뒤로 보름달이라도 뜬 모양이었다.

아직 집이 익숙지 않아서 우리는 침실로 가다가 잠깐 길을 헤맸고, 세탁기와 건조기가 있는 세탁실로 잘못 들어섰다.벽에 기대 놓은 청소기가 바닥으로 쓰러지는 소리에 우리는깜짝 놀라 숨을 죽인 채 귀를 기울였지만, 사방은 조용했고 에스터도 깨지 않았다.

슬랩스틱. 수잔나가 말했다. 사물에도 자체의 활동이 있어.

슬랩스틱은 좋아하지 않아. 내가 말했다.

약간의 슬랩스틱은 나쁘지 않지. 수잔나가 말했다. 내가 시범을 보여 줄까?

이제 우리는 계단을 올라갔고 침실을 찾았다.

전편에서 주연들의 캐릭터가 잘 살긴 했지만 거기에만 의존해서는 안 되고, 배경 이야기를 덧붙이려면 속편을 잘 활용해야 한다.

유년 시절로 플래시백? 낡은 기법, 상투적이고 안전한 방법이지만 사실은 이렇다. 나는 야나와 엘라의 유년 시절에 대해 전혀 모른다. 나는 지난해 영화아카데미에서 학생들에게 자신이 만들어 낸 인물에 대해 모든 걸 알아야 하며, 특히 어디서 어떻게 성장했는지 알아야 한다고 주장했지만, 실은 교재에 나온 대로 말했을 뿐이다. 나는 야나와 엘라의 유년 시절에 무슨 일이 있었는지 전혀 모르는 데다 알고 싶지도 않다. 그래서 엘라가 영화 내내 함께 산 야나에게 집을 나가 달라고 할 때 야나가 어떤 반응을 보일지 나도 모른다. 그래야 엘라가 새 남자 친구를 집으로 들일 수 있기 때문인데, 이 남자는 다름 아닌 야나의 전 남자 친구였던 마틴으로, 야나는 단지 그가 잘나가는 세무 공무원이라는 이유로 그와 헤어졌다. 마틴은 잘생기고, 마음이 따뜻하며, 박식하고, 몇 가지 외국어도 하지만, 그때 야나는 당연하단 듯이 이렇게 말했다. 누가 세무 공무원하고 사귀고 싶겠어?

방금 뭔가 이상한 일이 일어났다.

그러니까 야나가 어떻게 반응할까? 우리는 야나가 충동

적이라는 걸 안다. 전편에서 야나가 체육 교사에게 당신 같은 사람들이야말로 어리석음이란 단어에 딱 어울린다고 느닷없이 말하면서 일으켰던 분노발작을 다들 기억하고 있다. 이런 일이 또 일어나리라고 다들 기대하고 있으니 방식을 달리해야 한다. 자제심 부족이 가장 큰 단점인 야나가 가장 친한 친구로부터 아주 다정한 말투로 갑자기 집에서 나가 달라는 말을 들으면 어떻게 될까?

내가 착각한 게 틀림없다.
그 생각은 잊어버리자.
지금은 아주 조용하다. 얼마나 조용한지 고요 자체에서 약하게 쏴쏴 소리가 나는 것처럼 보일 정도다. 내 귀로 피가 솟구친다.
거실은 최근에 유행하는 인테리어로 꾸며진 대개의 거실과 비슷하다. 널마루 바닥, 흰 벽, 납작한 천장 전등, 스테인리스 마감과 바 테이블이 놓인 커다란 부엌. 중앙에 있는 나무 탁자에 앉아 나는 커다란 유리창을 통해 어둑어둑해지는 오후 풍경 속에 있는 수잔나와 에스터를 바라본다. 초원에서 돌무더기를 쌓고 있는 두 사람이 내뿜는 입김이 수증기 구름으로 바뀐다. 두 사람에게도 내가 틀림없이 보일 테고, 나는 무대에 있듯 앉아 있다. 내 앞 유리창에 비친 나의 모습은 이렇다. 안경, 머리카락과 옷깃, 탁자 위 노트, 손에 쥔 볼펜. 모든 게 다시 그 자리다. 망상이었다. 아니면 뭐겠는가.

이번에는 야나가 가만있는다. 이거다! 다들 분노발작을 기대하지만 일어나지 않는다!

엘라가 야나에게 집을 나가 달라고 말한다. 놀랍게도 야나의 태도가 차분해서 엘라는 이런 야나의 태연함에 도발을 느낄 정도다.

엘라: 넌 어차피 여기서 더 살 생각도 없었잖아!

야나: 왜 그렇게 생각하지?

엘라: 그냥 봐도 알지. 네가 그런 식으로 웃잖아. 왜 웃는 거야?

야나: 네가 이상형을 만나서.

엘라: 무슨 말이 하고 싶은 거야?

야나: 뭐가?

엘라: 그 사람이 국세청에서 일한다고 그러는 거야?

야나: 그건 다른 회사들처럼 그저 직장일 뿐이야.

엘라: 내 말이.

야나: 세무 공무원 없이는 나라가 돌아가지 않지.

엘라: 바로 그런 말투 말이야!

야나: 도로도 없을 테고, 존재하지 않는 도로 위는 무정부 상태겠지. 우리가 헤어진 건 그 사람이 내 이상형이 아니어서야. 근데 네 이상형인 건 분명해 보여서.

바로 그 순간 양복 차림에 서류 가방을 팔에 낀 마틴이 들어오고, 분노를 어디로 발산할지 모르던 엘라는 아무 핑계나 대며 마틴에게 소리를 지르기 시작하고, 야나는…….

미소를 거둔 채
슬프게
아니, 무표정하게

그래, 이게 훨씬 낫다. 야나는 무표정하게 그 옆에 서 있는데, 야나의 표정만 보고는 엘라와의 싸움 때문인지 아니면 야나가 사태를 심각하게 여겨서인지 읽어 낼 수 없다. 가 버려.

물론 마틴이 바로 이 순간 집에 들어온 건 무척 시트콤 같은 설정이지만, 이건 그냥 대중극일 뿐이다. 그리고 마틴이 아니면 누가 들어오겠는가? 누군가는 들어와야 한다.

이제 두 사람이 집으로 돌아온다. 수잔나는 문자를 보낸다. 휴대전화에서 나오는 네모 불빛이 수잔나의 얼굴에 반사된다. 에스터의 손에 뭔가가 들려 있다. 길에서 뭔가를 찾아낸 모양이다. 에스터는 늘 뭔가를 찾아낸다.

차분함을 유지하는 야나에 대해 슈미트에게 설명해야 하는데, 슈미트가 들으면 좋아할 것 같다. 슈미트에게서 곧 전화가 올 것이다. 슈미트는 내가 글을 쓰려고 이곳에 온 걸 알고, 내 시나리오를 기다리고 있다. 최근에야 슈미트는 작품 저작권이 제작사에 있으며 부득이한 경우 다른 작가의 도움을 받을 수도 있겠지만, 당연히 네가 최고이니 달리 누가 해내겠냐면서, 물론 네게 우선권이 있고 대체 불가한 데다 전편이 성공을 거둬 속편을 찍는데, 네가 하지 않으면 우린 어떡하냐고 넌지시 건넸다! 그러면서 또 자신에게는 결정권이 없으며 자기라면 얼마든지 기다려 줄 수 있다고 덧붙였다. 하지만 제작사는 다르다고! 슈미트가 얼마나 확신에 차서 다정하고도 우호적으로 말하던지, 그 역시 제작자라는 사실을 나는 전화를 끊고 나서야 떠올렸다.

에스터가 밖에서 찾아낸 걸 내게 보여 주었다. 여느 평범한 돌처럼 보이는 돌이었지만, 나는 오! 아! 멋진데! 하고 소리쳤다. 그러고는 에스터에게 입맞춤을 했는데, 밤공기로 인해 살갗이 아직 차가웠다.

다이아몬드처럼 보이지? 에스터가 말했다.

그러네. 내가 대답했다. 정말 그렇구나! 다이아몬드 같아.

이제 나는 부엌으로 가서 음식을 만든다.

12월 4일

어제는 정말 오랜만에 최고의 밤이었다. 꿈이 아니었기를.
내가 에스터를 재우기로 하고 그림책을 읽어 주었는데, 달
이 치즈로 만들어진 걸 쥐가 알아낸다는 내용이었다. 쥐가 달
을 갉아 먹은 뒤에도 달에 남아 있다가 잠이 든다는 이야기로
동화는 끝난다. 딸은 엉터리 같은 그 이야기를 좋아했고, 나는
딸이 좋다고 하니 좋았으며, 에스터는 내게 찰싹 달라붙었고,
밤은 창가에 찰싹 달라붙었다. 전등을 끄자 저 멀리 빙하가 보
였고, 잠시 뒤에는 어린아이다운 고른 숨소리가 들렸다.

싸움이 있은 뒤, 마틴이 사무실로 들어와 뭔가 못마땅해
하는 장면이다. 마틴은 주위를 둘러보다가 갑자기 동료들에
게서 뭔가를 알아채는데, 다른 사람들이 마틴에게서 본 것이
기도 하다. 세무 공무원. 마틴도 그중 한 명이다. 마틴은 어쩌
다가 세무 공무원이 되었을까? 마틴은 컴퓨터로 학창 시절 사

진들을 들여다본다. 그때에는 마틴이 아직 세무 공무원이 아니었다. 대학 시절 사진에는 넥타이를 맨 마틴과 진지하고 심취한 표정으로 십자말풀이를 푸는 마틴의 모습이 보인다. 변신이 시작되었다. 마틴은 자신을 내려다본다. 넥타이를 느슨하게 풀자 금세 불안감이 느껴져 다시 꽉 맨다. 멍하니 잡지를 뒤적이던 마틴의 눈길이 어느 팝 가수의 사진에 머문다. 아주 자연스러운 포즈를 취한 가수의 머리는 헝클어지고, 셔츠는 배꼽까지 풀어헤쳤으며, 손가락에는 금속 반지들이 끼워져 있다. 마틴은 잠시 주저하더니 전화기를 들어 그 가수의 세무 조사를 지시하고 유유히 넥타이를 느슨하게 푼다.

에스터가 잠들자 나는 까치발로 아이 방을 나왔다. 이상하게도 나는 다시 길을 잃었고, 느닷없이 복도가 더 길게 느껴졌다. 고작 와인 한 잔 마신 것뿐인데 말이다. 내가 알아낸 바로는 침실이 세 개 더 있었다. 우리 셋이 지내기에는 너무 큰 집이다. 이런 집은 월세만 더 높을 테지.

우리는 새벽 2시까지 탁자에 앉아 와인을 마시며 이야기를 나누었다. 예전처럼. 슈미트의 집에서 우리가 처음 만난 9년 전처럼. 나는 그렇게 도발적인 여자를 본 적이 없었다. 수잔나, 당신이 이 글을 읽는다면, 당신이 내 일에 별로 관심이 없으니 이 글을 읽을 것 같지는 않지만 그래도 읽는다면 내 말이 사실임을 알아줘. 당신 같은 여자는 한 번도 본 적이 없다는 걸! 나는 당신을 만지고, 키스하고, 당신에 대해 모든 걸 알고 싶었고, 내 인생을 당신과 함께 보내고 싶었지.

어젯밤 탁자에서 수잔나가 기저귀 때문에 내게 소리 지르고 보모의 급여 문제로 우리가 싸우게 될 줄은 상상도 못 했다고 말했다.

그럴 수 있지, 내가 말했다. 달리 할 말이 떠오르지 않아서였다.

사물의 본성은, 수잔나가 이렇게 말을 꺼내더니 니힐 토토(nihil toto)인지 뭔지로 시작하는 라틴어를 덧붙였는데, 내가 알아듣지 못하는 말이어서 화가 났지만 내색하지 않으려고 조심했다.

오비디우스, 수잔나가 말했다. 원래는 헤라클레이토스가 한 말이지만 오비디우스는 피타고라스의 입을 빌려 이렇게 말했다. 이 세상에 그대로 있는 것은 아무것도 없다.

나는 헤라클레이토스의 지혜로운 이 말을 곰곰이 생각해 보려 했지만 그러기 어려웠다. 무엇보다 이 인용구가 수잔나는 대학을 다녔지만 나는 그러지 못했음을 상기시켰기 때문이다. 하지만 이 순간에는 아무 상관 없었다.

그래서 우리는 서로 처음 알게 된 당시를 함께 회상했다. 모든 게 한결같고, 모든 게 처음 같던 때, 촛불과 좁다란 잔, 이 술집 저 술집, 영화관, 극장, 마침내 당신 집, 그러고는 우리 집, 그런 다음 다시 당신 집. 그러다가 모든 게 습관적이고, 모든 게 없던 일처럼 되어 버린다.

나는 브렌트 켄트가 맡을 역을 잊으면 안 된다. 그가 역을 수락하자 슈미트는 좋아서 어쩔 줄을 모른다. 이제 미국인을 등장시켜야 하는데, 켄트의 대사가 더빙되지 않기를 바랄 뿐이다. 더빙하지 않는 등장인물들 사이에 입술 모양이 대사와 일치하지 않는 더빙 인물을 넣을 수는 없다. 그건 슈미트한테서 약속을 받아 내야 한다. 켄트를 일리노이주 출신의 미국 국

세청 직원이자 마틴의 동료로 설정해도 되겠다.

왜 일리노이주?

안 될 이유도 없다.

그때는 아름답고, 유명하고, 신비에 싸인 여배우가 선택하는 사람이 하필이면 내가 될 줄은 상상도 못 했다. 물론 나도 완전히 무명은 아니었다. 다들 내가 곧 시나리오 작가에서 감독으로 자리를 옮기리라고 기대했다. 성공한 시나리오 작가의 경력은 대개 그런 식으로 흘러가니까.

흠, 내 경력은 그런 식으로 흘러가지 않았다.

우리는 어제 새벽 2시까지 커다란 거실 탁자에 앉아서, 이제는 딸이 베이비가 아닌 데다 무서움을 느끼면 얼마든지 우리에게 올 수 있으니 실은 불필요한 베이비 모니터를 옆에 둔 채 이야기를 나누고 또 나누었다. 종종 수잔나의 휴대전화가 독백하듯 조용히 울려 댔고, 계곡을 희미하게 비추던 불빛들이 하나둘 꺼지자 우리는 아주 사이가 좋던 시절처럼 잠자리에 들었다.

이른 아침, 엘라와 마틴. 엘라는 자고 있고, 마틴이 엘라를 쳐다보고 있는데, 갑자기 엘라가 몸을 뒤척인다. 엘라가 잠을 깨자 마틴은 얼른 눈을 감고, 엘라는 눈을 뜬다. 엘라가 마틴을 쳐다보더니 방 안을 둘러본다. 엘라의 옷가지가 바닥에 어지럽게 놓여 있고, 마틴의 옷은 의자 위에 잘 개켜 있는데, 맨 위에는 역시 잘 접힌 넥타이가 놓여 있다. 잠시 시간이 흐른다. 마침내 마틴이 몸을 뒤척이며 잠에서 깬 것처럼 행동한다. 하지만 엘라는 벌써 눈을 다시 감았다. 당황한 마틴이 엘라를 쳐다보더니 불안하게 다시 눈을 감는다. 두 사람은 이렇게 나란히 누워 잠든 척한다. 화면이 서서히 어두워진다.

나는 그런 밤을 보낸 뒤에 왜 그런 꿈을 꾸었는지 이해되지 않는다.

텅 빈 방. 천장에 달린 노출 전구, 모퉁이에는 한쪽 다리가 부러져 다리가 셋만 남은 의자가 놓여 있다. 문은 닫혀 있는데, 무엇을 그렇게 두려워했을까?

그 여자에 대한 두려움. 주름이 깊게 팬 콧부리를 사이에 두고 가느다란 두 눈이 아주 바싹 붙어 있다. 이마에도 주름이 있으며, 약간 벌어진 입술 사이로는 골초처럼 누런 치아가 보였다. 하지만 최악은 여자의 눈이었다.

여자가 거기 서 있는 동안 내 두려움은 참을 수 없을 정도로 커져 갔다. 몸이 떨려 오고, 숨 쉬기가 힘들어졌으며, 눈에서는 눈물이 흐르고, 다리도 후들거렸다. 물론 실제로 내 몸에 이런 일들이 일어나지는 않았다. 그러니 나는 전혀 두려워하지 않았고, 두려워한 건 단지 꿈속의 내가 아닐까? 마치 꿈속에서 내 손이 떨린 것처럼 말이다. 하지만 아니다. 두려움은 원래 두려움이 그렇듯 아주 생생했고, 내 안에서 가물거리며 불타오르더니, 더는 참을 수 없는 지경에 이르자 여자가 마치 나를 풀어 주기라도 하듯 한 발 뒤로 물러섰다. 그제야 나는 다시 침실에 있게 되었고, 수잔나의 편안한 숨소리를 들으며 창문으로 부드럽게 비치는 달빛을 보았고, 베이비 모니터에는 곤히 잠든 딸의 모습이 보였다.

아침 식사. 눈부신 잔디와 더 눈부신 태양, 구름 없는 하늘, 저 위의 이름 모를 새들. 나는 새들의 이름을 알지 못하는 게 내내 후회스러웠다. 새들은 바람에 몸을 맡긴 채 전혀 힘들이지 않고, 오히려 땅에 머무는 게 더 힘들다는 듯, 별일 아니라는 듯 날아다닌다.

지금 수잔나는 에스터에게 쥐와 치즈 달이 나오는 그림책을 수천 번째 읽어 주고 있고, 어린 딸은 웃으며 박수 치고 있으며, 나는 집을 나서기 전에 재빨리 글을 마무리한다. 비축해 둔 음식이 떨어져 가고 있어서 누군가는 마을로 내려가야 하는데, 내가 가겠다고 했다. 가 버려. 수잔나가 고맙다고 말하며 내 손을 잡았고, 나는 수잔나의 눈을 바라보았다. 수잔나의 눈은 사실 파란색이라기보다는 검은 조각들이 박힌 터키석색이다.

새 시나리오 좀 읽어 줄래?

당신 안 좋아하잖아.

그렇게 예민하게 굴지 마, 당연히 좋아하지.

아직 별로 못 썼어.

그 소름끼치는 여자를 어디서 보았는지 방금 떠올랐다. 세탁실의 밀레 세탁기 바로 오른쪽 벽에 여자 사진이 걸려 있었는데, 이곳에 온 첫날 내 눈에 띄었다. 하지만 이 사진 때문에 악몽을 꾼다는 건 정말 과장이다.

거의 모든 사람들이 자기가 좋은 운전자라고 생각한다. 나는 예외다. 서투르고 어리벙벙하며 반사 신경이 둔하다. 최적의 조건에서조차 운전대만 잡으면 매번 황당한 일을 당할 것 같은 느낌이다. 그러니 좁고 꼬불꼬불한 도로에서 공포감이 엄습해 오는 것도 놀랍지 않다.

이를테면 이렇다. 연료가 가득한 작은 통 안에 두려움 없이 앉아 있으려면 상상력을 발휘해선 안 된다. 그때까지도 일상에 매여 저녁 식사와 세금 신고를 생각하다가는 눈 깜짝할 사이에 찌그러진 금속 사이에 몸이 끼게 되고, 화염이 온몸을 집어삼키고, 서툰 핸들 조작과 주의력 부족 상태에서 그다음 순간을 맞는다. 그러나 나는 일상을 극복하지 못하는 사람으로 남고 싶지 않다. 사람들은 자동차 운전이 무해하다는 의견에 합의했다.

점점 작아지는 에스터와 수잔나가 백미러에 보였고, 집 옆쪽 주차장이 뒤로 멀어지더니 첫 번째 꼬불꼬불한 길에 들어섰다. 태양은 눈부셨고, 계곡은 내 오른쪽에서 왼쪽으로 잽싸게 자리를 옮기더니, 다음번 꼬불꼬불한 길에서는 그 반대가 됐다. 온몸에 땀이 났다.

다음 곡선 도로에서 차가 바깥으로 너무 멀리 커브를 돌았지만 내가 브레이크를 밟은 덕에 제때 멈춰 섰다. 너무 도로 가장자리로 차를 몰았나? 가드레일은 없었다. 후진 기어를 넣자 차가 뒤로 밀렸고, 나는 다시 천천히 출발했다. 아무도 보지 못해서 다행이었다. 다음 곡선도로는 그 전 도로만큼이나 좁았고, 계곡은 내 오른쪽에서 왼쪽으로 순식간에 자리를 바꾸었다. 나는 다시 브레이크를 밟고 멈춰 섰다가 다시 출발하며 중앙선 오른쪽으로 가려고 애썼지만, 곧 뜻대로 되지 않았다. 천천히 운전해. 스스로에게 말했다. 급할 것 없어, 그저 살아남기만 해. 태양이 눈부셨다. 얼굴 위로 땀이 줄줄 흘러내렸다. 다음 곡선 도로는 한참 이어졌고, 나는 도로 가에서 낡은 헛간을 발견했는데, 지붕은 무너지고 창문은 그저 빈 구멍으로 남아 있었다. 커브를 너무 길게 돌았는지 코앞으로 절벽이 다가오는 바람에 나는 비명을 질렀다. 나는 있는 힘껏 브레이크를 밟은 뒤 다시 출발했다.

30분 뒤에 마을에 이르렀다. 거리도 하나, 교회 맞은편에 가게도 하나뿐이었다. 그룬트너 잡화점. 나는 손을 덜덜 떨며 잠깐 자동차에 앉아 북소리처럼 점차 잦아드는 심장 소리를 들었다.

예쁜 마을은 아니었다. 나지막한 집들이 웅크린 듯 서 있었다. 뾰족한 지붕, 작은 창문, 회색 담, 너덜너덜 벗겨진 회반죽, 우중충한 차양이 달린 버스 정류장, 선로, 하지만 역은 없었다. 기차가 이곳에 정차하지 않기 때문이다.

가게에 들어서자 종소리가 울리면서 내가 왔다고 알렸다. 계산대와 금전등록기가 있는 작은 공간이었다. 잠시 뒤에 문이 열리더니 눈물주머니가 두툼한 살찐 남자가 발을 끌며 안으로 들어왔다. 얼굴이 마치 붉은 반죽을 치대 놓은 것 같았다. 남자는 계산대에 몸을 기댄 채 나를 훑어보았다.

나는 인사하며 쇼핑 목록을 꺼내 들었다. 버터. 내가 말했다. 빵 그리고…….

남자는 손짓으로 내 말을 끊더니 밖으로 나갔다. 밖에서 남자가 뭔가를 뒤지는 소리와 기침하는 소리가 들렸다. 한참 있다가 돌아온 남자가 은색 포일에 싸인 버터 한 조각을 계산대 위에 내려놓았다.

그리고 빵도. 내가 말했다. 그리고 달걀하고…….

남자가 밖으로 나갔다. 나는 귀를 기울였다. 남자가 뭔가를 뒤졌다. 뭔가가 바닥으로 떨어졌다. 남자가 나지막이 욕하더니 기침을 했다. 마침내 남자는 울퉁불퉁한 빵 한 덩어리를 들고 다시 돌아왔다.

나는 눈을 감으며 말했다. 달걀. 다시 문소리가 들리더니 옆에서 남자의 기침 소리가 들렸다. 나는 휴대전화의 시간을 확인했다. 이곳에 온 지 벌써 15분이 지났다.

우리는 목록에 있는 물건들을 하나씩 해결했다. 남자는 모든 물건을 하나씩 가져왔고, 가장 많이 쓰는 식료품인 경우에도 마치 여태껏 아무도 찾는 사람이 없었다는 듯 아주 한참을 뒤졌다. 남자는 비닐 포장된 소시지와 못생긴 사과 몇 개와 반점이 잔뜩 있는 바나나 두 개와 필터커피와 커피필터와 우유를 가져왔고, 마침내 내가 말했다. 고마워요, 이게 다예요.

남자가 고개를 끄덕이더니 내 머리 위쪽을 가리키며 물었다. 저 위에서 지내요?

그 손동작이 우리가 묵는 별장을 가리킨다는 걸 알아채기까지 시간이 약간 걸렸다. 나는 과묵한 남자를 따라 하기로 마음먹고 고개를 끄덕였다.

아하, 남자가 말했다.

네, 내가 말했다.

그렇군요, 남자가 말했다.

그래요, 내가 말했다.

벌써 무슨 일 있었소?

뭐라고요?

남자는 입을 다물었다.

무슨 일 말인가요?

빌린 거요?

나는 고개를 끄덕였다.

스텔러한테서?

그 사람이 주인이에요?

스텔러, 남자가 말했다.

그게 주인 이름이에요?

그럼, 스텔러, 남자가 이 세상에 이 이름을 모르는 사람이 어디 있냐는 듯한 말투로 말했다.

난 주인 이름을 몰라요. 내가 말했다. 우린 에어비앤비를 통해 집을 빌렸거든요. 나는 남자의 눈길을 쳐다보며 덧붙였다. 인터넷으로.

거리로 향한 문이 열리더니 한 여자가 들어왔는데, 키가 내 가슴팍에도 미치지 않을 정도로 작았다. 여자는 짧은 흰 머리에 커다란 선글라스를 낀 모습이었다.

안녕하슈. 또는 그 비슷한 말로 남자가 인사를 건넸는데, 곧장 사투리를 썼기 때문에 나는 알아듣지 못했다. 이 사람 역은 페링어가 맡아야 해. 나는 생각했다. 다 쓸모가 있군, 페링어라면 완벽하겠어!

안녕하슈. 또는 그 비슷한 말로 여자도 인사했다. 그러고는 잠시 사투리로 이야기했다.

여자가 말을 끝내자 남자가 고개를 끄덕이며 말했다. 네, 암요. 또는 그 비슷하게 말하더니 발을 끌며 밖으로 나갔다.

남자가 물건 뒤지는 소리가 들렸다.

여자가 나를 쳐다보지도 않은 채 뭐라고 말을 했다. 가게에 다른 사람이 없으니 나한테 하는 말이라고 생각할 수밖에 없었다.

뭐라고요?

여자가 다시 뭐라고 말을 했다.

뭐라고요?

여자는 입을 다물었다.

문이 열리고 남자가 돌아왔다. 남자의 얼굴은 더 새빨개졌고, 호흡도 거칠었다. 손에는 은색 종이에 싼 버터 한 조각이 들려 있었다. 여자가 버터를 받아 들었다. 남자가 뭐라고 말을 하자 여자가 대답하더니 둘이 웃었다. 여자는 계산도 하지 않고 가게를 나갔다.

그러니까 그 사람을 못 본 거군요. 남자가 말했다.

나는 처음에는 알아듣지 못했다. 네. 그러다가 내가 대답했다. 인터넷. 그 스텔러는 한 번도 못 봤어요.

한 번도?

네. 내가 말했다.

남자가 스탬프가 찍힌 종이에 숫자를 쓰더니 내게 건네며 말했다. 47유로 30센트.

내가 계산서를 챙기며 지갑을 꺼내 50유로를 건네자 남자는 한숨을 쉬며 바지 주머니에 찔러 넣었다. 금전등록기는 손도 대지 않았다. 남자는 내게 잔돈을 거슬러 줄 생각이 전혀 없어 보였다.

그 스텔러는 대체 어떤 사람이에요? 내가 물었다.

그 사람은 이곳에 거의 안 와요. 그래서 물어본 거지. 그 사람을 아느냐고. 이제 여기는 거의 안 와요.

그 사람은 어디 살죠?

남자는 어깨를 으쓱했다. 이제 여기는 거의 안 와요.

그 집은 새로 지은 거죠?

남자는 웃더니 내가 산 물건들을 비닐 봉투에 담기 시작했다.

음, 지은 지 10년은 안 된 것 같은데. 내가 말했다.

선물이오. 남자가 말하며 내 앞으로 뭔가를 내밀었다. 작은 삼각자였다. 예전에 학교에서 쓰던, 투명한 플라스틱으로 된 직각자였다.

고마워요. 내가 말했다. 근데 우리 딸은 아직 너무 어려서…….

각도를 재 봐요. 남자가 말했다. 4년!

그 집이 4년 전에 지어졌다는 말인가요? 나는 남자가 말하는 방식에 점점 익숙해졌다.

하지만 그 전에는 다른 집이 있었소.

같은 장소에요?

남자가 고개를 끄덕였다. 스텔러가 그 집을 사서 부순 다음 새로 지었지. 숙박비는 많이 냈소?

네, 꽤 냈죠. 내가 말했다.

얼마나?

많이요. 나는 말하며 비닐 봉투를 집어 들고 문 쪽으로 돌아섰다.

도로는? 남자가 물었다.

도로는 너무 가팔라요. 내가 말했다. 정말 위험하더군요. 왜 가드레일을 설치하지 않는지 모르겠어요.

맞은편에서 오는 차가 없으니 다행이오.

그건 어떻게 아시죠?

남자가 웃었다.

그때 알아차렸다. 도로가 그쪽으로만 나 있는 거죠? 우리 집 쪽으로만!

남자가 웃었다.

그 전에는 뭐였죠? 새 집 전에 낡은 집이 있었다면, 그 전에는 뭐가 있었죠?

남자가 침묵했는데, 그 이유가 대답을 몰라서인지 어떤 이유에서 대답을 피하는 건지 불분명했다.

안녕히 계세요. 나는 인사하며 머뭇머뭇 밖으로 나왔다.

내 자동차 옆에는 아까 가게에서 본 여자가 서 있었다. 여자가 시커먼 선글라스를 쓰고 있어서 어디를 보고 있는지 알 수 없었다.

눈이 좀 올 것 같지 않아요?

여자는 대답하지 않았다.

어쨌든 이맘때치고는 너무 따뜻해요, 내가 말했다. 12월 이면 이곳 위에는 눈이 쌓여 있어야 하는 거 아닌가요?

얼른 가요. 여자가 말했다.

뭐라고요?

얼른. 여자가 말했다. 얼른 가요.

나는 여자가 완전히 딴말을 한 건지, 아니면 그냥 헛기침을 한 건지 얼른 알아듣지 못했는데, 하긴 사투리를 어떻게 알 아들을 수 있겠는가! 기다려도 여자는 입을 열지 않았다. 여자의 선글라스에 비친 내 얼굴이 보였다. 나는 여자에게 고개를 끄덕여 보이고는 차에 올라타 시동을 걸었다.

오르막 운전은 내리막 운전보다 약간 덜 힘들었다. 태양은 이미 빙하 사이의 뾰족한 암석 뒤로 반쯤 걸려 있었고, 짧은 겨울의 한낮은 저물어 가고, 계곡에는 그늘이 드리웠지만, 그 위쪽으로는 아직도 푸르른 비탈이 빛나고 있었다. 나는 이전에 보지 못한 뭔가를 발견했다. 허물어진 헛간 옆의 돌무더기, 완전히 녹슨 트랙터, 내 앞에서 달리는 자동차가 도로에 드리우는 기다란 그림자. 수풀 속에서 작은 새 한 무리가 폭발

이 일어나듯 날갯짓하며 공중으로 날아오르더니 바람에 몸을 맡긴 채 빙빙 돌았다. 구름 한 조각이 강렬한 오렌지색으로 타올랐다. 곧이어 집에 도착하자 나는 장을 본 물건들을 냉장고에 넣고는 글을 쓰기 위해 탁자에 앉았다.

야나가 상점으로 들어온다. 페링어가 계산대 뒤에 서 있다. 야나는 쇼핑 목록을 꺼내 든다.

야나: 버터, 달걀, 빵……

페링어: 손님은 이곳 사람이 아니군요.

아니다, 페링어는 당연히 야나에게 말을 놓는다. 그리고 더 간결하게 말해야 한다.

페링어: 이곳 사람이 아니군.

피곤한 확인일 뿐이다. 비난도 질문도 아니다. 가 버려. 페링어는 유감스럽게도 아무것도 바꾸지 못하는 우주적 사실인 양 이 말을 내뱉는다. 그러고는 투덜거리며 밖으로 나간다.

클로즈업되는 야나의 얼굴.

다시 시작이다.

착시현상이 틀림없다

그런데 착시가 지속된다. 내가 보고 있다. 아직도 보고 있다. 적어 둔다. 사진을 찍어 둬야 하는데, 내 휴대전화가 어디 있는지 모르겠다

그러니까 나는 기다란 탁자에 앉아 있고, 바깥은 어두워지고, 유리창에 방이 아주 또렷이 비친다. 냉장고, 레인지, 조리대, 복도로 향한 문, 평면 텔레비전, 나지막한 회녹색 소파, 탁자 위를 비추는 전등, 탁자 자체, 그 앞의 의자. 비닐 봉투도 보

이는데, 방금 전까지만 해도 물건이 들어 있던 비닐 봉투는 구겨진 채 조리대 위에 놓여 있다. 구겨진 비닐 봉투 옆으로 빈 유리잔이 보인다, 여기 방에서, 저기 유리창에 비친 모습에서.

하지만 내 모습은 보이지 않는다. 유리창에 비친 거실에는 아무도 없다.

천천히, 자세히 들여다본다. 자세히 살펴보고 모든 걸 기록한다면, 너는

거실 문의 손잡이가 보이다니 이상하다. 거실 문과 유리창 사이에 내가 앉아 있으니 거실 문의 손잡이는 내 몸에 가로막혀 보이지 않아야 하는데, 저기 손잡이가 보인다! 내가 앉은 의자의 등받이도 보이고, 내 몸을 받치고 있는 탁자 상판도 보인다. 그리고 펼쳐 둔 노트도. 나는 노트 위로 손을 올린다. 이제 노트가 보이면 안 된다. 하지만 노트가 보인다. 유리창에 비친 방에는 아무도 없다. 그저께처럼. 하지만 그저께에는 잠깐 그러다 말았는데, 이번에는 이 상태가 지속된다.

아직도 이런 상태다.

아직도.

지나갔다. 나는 사진을 찍기 위해 휴대전화를 찾으려고 일어섰고, 시선을 잠깐 다른 곳으로 돌렸다가 다시 유리창을 슬쩍 보았을 때, 유리창에 내가 보였다. 자리에 앉자 유리창에 비친 나도 똑같이 따라 앉았다. 나는 지나갔다라고 썼다. 나는 여기 앉아서 글을 쓰고, 유리창에 비친 나도 앉아서 글을 쓴다. 설명이 필요하다. 내가 물리학자라면 이유를 알았을 테고,

이런 현상에 별로 놀라지 않았을 것이다. 하지만 현기증이 난다. 방금 일어난 일인데도 벌써 한참 전에 있었던 일 같고, 정말 있었던 일인지조차 곧 확실치 않으리라는 것도 안다. 기록해, 그래야 기억을 하게 되고, 그래야 결코 그냥 망상이었다고 주장할 수 없을 테니까.

하지만 이 글을 쓰는 동안에도 벌써 나는 망상이 틀림없다고 생각한다.

자동차에 탄 엘라, 쾌활하고 여유 있게 내내 휘파람을 분다. 자동차 오디오에서 흘러나오는 음악. 휴대전화가 울리고, 엘라가 누르자 전화 건 사람의 목소리가 들린다. 마틴이다.

마틴 : 언제 와?

엘라 : 곧 도착해.

마틴 : 언제 오냐고?

엘라 : 곧.

마틴 : 알아, 근데 그게 언제야? '곧'이 언제냐고?

엘라의 표정이 어두워진다. 엘라는 음악을 끈다.

엘라 : '곧'이 '곧'이지!

마틴 : 정확히 지금 어디야?

엘라 : 차 안.

마틴 : 그 차가 어디에 있어?

엘라 : 도로에.

마틴 : 물론 차는 도로에 있겠지. 근데 어느 도로에, 정확히 어디 있냐고?

엘라 : (몹시 흥분해서) 그건 대답하기 힘들어. 차가 계속 움직이니까 정확한 장소는 계속 바뀌는 법이지.

마틴 : 아 진짜, 정확한 장소는 계속 바뀐다고?

엘라 : 당신은 세무 조사 할 때 사람들에게 그런 식으로 말해?

마틴 : 뭐라고?

엘라 : 사람들에게 그런 식으로…….

마틴 : 내가 기업 회계 감사를 할 때 사람들에게 이런 식으로 말하는지 묻는 거라면, 아니라는 게 내 대답이야. 왜냐하면 난 기업 회계 감사를 직접 하지 않으니까. 당신도 알다시피 난 이의 조정 부서에서 일하고 있으니까.

엘라 : 이의 조정 부서.

마틴 : 그렇지, 우리 부서에서는 이의를 제기할 수 있어. 예를 들어 우리가 당신을 세무 조사 할 경우…….

엘라 : 협박이야?

마틴 : 엘라!

엘라 : 세무 조사로 날 협박하는 거야?

마틴 : 그거 좋은 생각인데, 그런데

말도 안 되는 일이다. 그냥 말이 안 된다.

꿈 때문에 잠을 설친 나는 세탁실에 걸린, 두 눈이 안쪽으로 몰린 여자의 사진이 다시 떠올라 다시 한번 보려고 세탁실로 향했다. 그리고 사진은 그 자리에 없었다!

나는 공포로 머리가 쭈뼛 선다는 표현이 그냥 관용구라고만 생각했다. 그런데 지금 그런 느낌이 들었다. 그 자리에 사진이 걸린 기억이 생생한데, 사진은 거기 없었다. 세탁기 옆에는 사진이 없을 뿐 아니라 벽에 못도 박혀 있지 않았고 못 자국조차 없었다. 다른 사진이 있는 것도 아니고, 방 안이나 복도 어디에도 사진은 없었다. 이제 와서 생각해 보니 집 안 어디에도 사진은 없었다. 사방이 흰 벽이었고, 사진도 그림도 없었다.

마틴 : 그거 좋은 생각인데, 농담 아니야.

엘라 : 정말 방금 "농담 아니야."라고 말한 거야?

마틴 : 내가 당신한테 세무 조사를 할 수는 없지만…….

엘라 : 다신 나한테 그렇게 겁주지 마!

마틴 : ……세무 조사가 당신한테 왜 그렇게 나쁜데?

엘라 : 세무 조사가 나한테 왜 그렇게 나쁘냐고?

마틴 : 그냥 조사일 뿐이야. 교통 단속 같은 거지. 뭔가 숨기는 게 없다면…….

엘라 : 무슨 말을 하고 싶은 거야?

마틴 : 없어, 그냥 이상해서 그래.

엘라 : 이상해?

마틴 : 응, 이상해.

별 하나 떠 있지 않고, 계곡 마을에는 불빛 하나 없다. 기차만 불을 밝히며 지나간다. 수잔나는 벌써 잠자리에 들었다.

저녁을 먹으면서 수잔나가 내게 무슨 일이 있냐고 두 번이나 물었지만, 뭐라고 대답하겠는가? 그래서 내가 말했다. 무슨 일이 있을 게 뭐가 있겠어. 수잔나가 얼굴을 찬찬히 뜯어보는 바람에 덧붙였다. 근데 당신은 무슨 일이 있어? 그러자 수잔나가 대답했다. 아무 일도 없어, 근데 당신이 좀 이상해! 나는 그녀의 이런 말투를 참을 수 없어서 말했다. 아냐, 이상한 건 당신이야!

그러는 동안 에스터는 유치원에서 사귄 여자 친구에 대해 들려주었는데, 이름이 리시 아니면 일제 아니면 엘제라는 아이가 에스터한테서 장난감을 빼앗았다든가 아니면 선물했다든가 했고, 그래서 선생님이 가만히 있었다든가 아니면 아주 제대로 대처했다든가 아니면 아주 잘못 대처했다고 했다. 어린아이들은 설명에 서툴기 마련이다. 하지만 수잔나와 나는 소리쳤다. 굉장한데! 그리고 믿을 수가 없어! 그리고 음, 그랬구나! 에스터가 다시 말이 없자 우리는 안도감을 느꼈다.

그러고 나서 에스터를 데리고 계단을 올라갔을 때, 잠깐 욕조에서 문제가 있었다. 수도꼭지를 잡으려는 순간, 수도꼭지는, 어떻게 설명해야 할까? 수도꼭지는 마치 원래 그 자리에 있었다는 듯 더 뒤로 가 있었다. 나는 팔을 뻗었지만, 눈앞으로 20센티미터 떨어진 곳에 있는 수도꼭지에 닿았어야 하는 내 손은 아직도 수도꼭지 앞에 놓여 있었다. 나는 수도꼭지에 닿을 수 없었다. 에스터가 킥킥 웃었다. 내가 눈을 감고, 심호흡한 뒤 다시 눈을 떠 보니 이제 수도꼭지에 손이 닿았다. 타원형 욕조에 물을 받으며 콸콸 쏟아지는 물소리를 듣는 동안 에스터는 「머펫 쇼」에 나오는 포지 베어 또는 스폰지밥에 대해 뭐라고 설명했다. 정말이야? 나는 소리쳤고 와우! 오 그래! 외친 다음 에스터를 물속에 집어넣고 씻기고 난 다음 다시 꺼내 몸을 닦아 주면서 뾰족한 수건 끝자락으로 에스터의 귀 안도 닦아 주었다. 귀에 물이 있어서가 아니라 에스터가 그렇게 해 주는 걸 좋아하기 때문이었다. 에스터가 내내 떠드는 동안 공룡 그림 때문에 에스터가 가장 좋아하는 알록달록한 잠옷을 입힌 뒤 복도를 따라 방으로 데려갔다. 벽에는 초록색과 보라색 색상환이 걸려 있고, 선반에는 한눈에 보기에도 완전히 새것인 곰 인형이 놓여 있었는데, 다른 숙박객이 잊어버리고 두고 갔거나, 아니면 사려 깊은 스텔러 씨가 갖다 둔 모양이었다. 지금까지는 다 좋다던 에스터가 오늘은 왠지 마음에 들지 않는 모양이었다.

왜 그래? 내가 물었다. 뭐가 싫은 거야?

이 방에 혼자 있는 게 싫어.

하지만 바로 옆방에 우리가 있잖아. 네 소리가 다 들려. 이것도 있는데, 뭐. 나는 베이비 모니터의 카메라를 가리켰다. 넌 이 방에 혼자 있는 게 아니야.

방에 혼자 있어.

그럼 어때서?

방에 혼자 있으면……. 에스터는 곰곰이 생각한다. 모든 게 달라.

어떤 식으로?

말을 하면 혼자 들어.

그래서?

이상해!

이 말이 뭔가 의미심장하게 들렸지만 따져 볼 시간이 없었다. 에스터에게 살며시 이불을 덮어 준 뒤 유리로 된 스위치로 조명의 조도를 낮췄다.

아빠한테 또 다른 아이가 있다면. 에스터가 말했다.

응?

아빠는 그 다른 아이도 똑같이 사랑할 거지.

하지만 내겐 다른 아이가 없단다.

다른 아이에게도 똑같이 그렇게 말하겠지.

나는 그림책을 집어 들었다. 지네 휴고의 신나는 여행이

어디로 간다든가 뭐라든가. 나는 잠시 책을 읽어 주었지만, 에스터의 정신은 여전히 딴 데 가 있는 듯했다.

무슨 일이야?

나쁜 꿈을 꿔. 에스터가 말했다.

나쁜 꿈을 꾸지 않을 거야.

아냐, 꿔.

하지만 내가 계속 책을 읽어 내려가자 에스터는 긴장을 풀고 평소의 모습을 되찾은 듯 미소를 지었다. 잠시 뒤에 에스터는 잠이 들었다. 나는 에스터의 이마에 조심스럽게 입을 맞췄다.

내가 거실로 갔을 때 수잔나는 통화 중이었다. 수잔나는 전화를 끊으며 더 좋은 에이전시가 필요하다고 걱정스럽게 말했다.

그래. 내가 말했다. 당신 말이 맞아. 수잔나는 결코 에이전시를 바꾸지 않겠지만, 에이전시에 대한 불평도 절대 그만두지 않을 것이다. 이게 슬픈 진실이며, 수잔나가 내 글을 절대 읽지 않을 거라고 확신하니까 이렇게 말해도 된다. 마흔이 넘은 배우가 할 역할은 별로 없다. 계속 일할 수 있는 여배우들도 있지만, 대부분은 그러지 못한다.

다행히 수잔나가 화제를 돌렸고, 함께 아이를 키우는 사람들이라면 늘 의논하게 되는 여러 가지에 대해 이야기했다. 우리 둘 다 별로 좋아하지 않는 새 유치원 선생님, 우리가 방문해 주길 바라는 수잔나의 아버지, 점점 도움이 필요하면서도 늘 혼자 있길 좋아하는 우리 아버지 그리고 우리의 만류에도 불구하고 이혼하려는 수잔나의 친구 지그리드에 대해 이야기했다. 그런 다음 우리는 조용해졌고, 내가 수잔나의 손을 잠자 수잔나가 말했다. 오늘은 싫어, 피곤해. 그래서 내가 말했다. 그래, 산 공기 때문이야, 나도 피곤해.

자동차 안의 엘라. 싸움 뒤에 엘라는 핸즈프리 기능을 꺼 버렸다. 브레이크를 밟더니 도로 가를 따라 달리다가 방향을 바꾸었다. 가 버려 가 버려 가 버려 너무 가 버려 늦기 가 버려 전에 가

새로 이사한 집의 소파에 앉아 있는 야나, 엘라가 뛰어 들어온다. 야나가 노트북에서 눈길을 들어 쳐다본다.

엘라 : 넌 짐작도 못 할 거야, 방금 무슨…….

야나 : (졸린 듯이) 말해 봐.

엘라 : 그 남자가 지금 어디냐고 묻기에, 내가 대답을 하니까

12월 5일

수잔나와 에스터는 아직도 자고 있다. 나는 거실에 혼자 있다. 해가 곧 떠오른다. 이 꿈들은 어디서 온 걸까?

생각해 봐. 차례로.

내 손이 떨린다.

다시 빈 방, 천장에 달린 전구, 창문은 없다. 있다, 창살이 달린 작은 창문. 틀렸다, 창문이 없다. 구석에는 다리가 하나 부러진 의자. 눈이 가느다란 여자. 아니다, 그 여자가 아니었다, 아니 정확히 말하면. 잠깐 그 여자였다가 다시 수잔나였다. 나는 문으로 달려가 복도를 따라갔지만 스위치를 찾지 못했고, 그러다 꿈에서 무슨 불빛이 필요할까 싶은 생각이 들었다. 난 그저 나가고 싶었다. 그냥 벗어나고만. 얼마나 나가고 싶었던지 혼잣말을 했다. 가 버려, 가 버려, 가 버려. 눈이 가느다란 여자가, 이제는 다시 그 여자였는데, 내 옆에 있었고 나는 생각했다. 여자를 쳐다보지 마.

그러고는 현관문을 홱 열어 바깥의 추위 속으로 나갔다. 맨발 아래로 잔디가 느껴지고, 바람이 얼마나 세차게 얼굴을 때리는지 잠이 확 깰 정도였다.

수잔나는 내 옆에 잠들어 있고, 베이비 모니터 화면은 우리 딸을 비추고 있다. 똑바로 앉아 카메라를 쳐다보는 에스터의 눈이 하얗게 반짝거렸다.

그러면서도 발에 닿는 잔디와 얼굴에 불어닥치는 바람이 여전히 느껴지는 이유는, 내가 침대에 누워 있는 동시에 밖에서 덜덜 떨며 현관 손잡이를 찾아 더듬거리고 있기 때문인데, 이것은 꿈의 연속이 아니라 실제로 일어난 일이었다. 손잡이를 찾아냈지만 문이 잠겨 있어서 들어가지 못했다.

나는 숨조차 쉴 수 없었다. 얼어 죽을 것 같았다. 얼른 따뜻한 집 안으로 들어가기 위해 뭐든 해야 하는데, 간단한 해결책이 하나 있긴 했다. 침대에서 일어났다. 다시 모니터에 눈길을 주지 않으려고 피하면서 방을 뛰어나가 복도를 지나 아이 방의 문을 지나쳤다. 이제 잠을 깬 데다 계단 난간이 너무 낮아 다칠 수도 있어서 전등을 켜려고 스위치를 찾았지만 보이지 않았고, 그래서 천천히 더듬어 앞으로 가다 보니 결국 바깥의 추위 속에서 몸을 웅크리게 되었다. 나는 박수를 치면서 아래위로 폴짝폴짝 뛰어 보았지만 바람이 살갗을 파고들고, 눈앞이 깜깜해지고, 마침내 문에 이르렀을 때도 문을 열면 안 될 것 같았다. 집 안에서 또 집 밖에서, 문을 사이에 두고 양쪽에서 내가 내 모습을 직접 맞닥뜨리는 일이 일어나선 안 되었다. 그래서 나는 물러섰고, 이내 모든 게 제자리를 찾아가는 걸 보니 물러서길 잘한 것 같다. 나는 다시 침대에 누워 있고, 수잔나는 잠꼬대를 하고, 모니터는 곤히 잠든 딸을 비추고 있으니 말이다.

근데 왜 이렇게 불안할까? 왜 손은 글씨가 비뚤비뚤해질 정도로 떨리고, 왜 심장은 이렇게 심하게 뛰고, 왜 여전히 이렇게 추울까?

영화에서는 나쁜 일이 벌어지면 그냥 꿈이라는 걸 종종 알아차리는데, 나도 이런 기법을 「롤라와 삼촌」에서 사용한 적이 있지만, 사실은 이렇다. 사람들은 깨어 있으면 자기가 깨어 있다는 걸 안다. "이게 꿈인가?" 이건 진지하게 묻는 질문이 아니다. 나는 내가 꿈을 꾼 게 아님을 안다.

하지만 꿈을 꾼 것이어야 한다.

3막. 1막에서 야나가 엘라 집에서 나와 혼자 지내게 된 반면 엘라는 난생처음으로 한 남자와 동거하게 된다.

2막에서 엘라는

해가 진다. 산속의 짧은 겨울 한낮. 우리는 지금까지 야외에 있었다.

산책이 좋은 생각이 아니라는 건 일찌감치 분명해졌다. 네 살짜리 어린아이와 해서는 안 되는 수많은 일 가운데 산책은 아주 상위에 놓여 있다. 하지만 수잔나가 계획한 일이었다.

정말 산책하려고?

흠, 당신 하자는 대로 하다가는 집 밖으로 나올 일이 없을걸!

그래서 우리는 아침을 먹은 뒤 다운 재킷을 입고, 수잔나가 오로지 이런 소풍을 위해 구입해 둔 아기띠로 어린 딸을 업고는 힘차게 출발했다.

우리는 말없이 울적하게 걸었다. 자욱한 안개는 걷힐 기미가 없었고, 풀들도 색깔을 잃은 듯 보였으며, 내내 무거운 침묵이 흘렀다. 이렇게 두 시간이 흘렀다. 세 시간이었는지도 모른다. 아니면 한 시간이었는지도. 에스터만 혼자 떠들어 댔다. 잠깐 들어보니, 여우와 토끼와 물츠인지 밀츠인지 말츠 씨에 관한 이야기였다.

나는 수잔나에게 집주인과 이야기해 봤는지 물었다.

이메일로. 수잔나가 휴대전화로 문자를 보내며 말했다. 간단히 몇 줄만. 아주 공손하더라고. 왜? 뭐 트집 잡을 거라도 있어? 그만하면 아름다운 집이야!

없어. 내가 말했다. 트집 잡을 게 뭐가 있어.

한동안 우리는 말없이 걸었다. 아이까지도 입을 다물었다.

당신이 말을 꺼냈으니 하는 말인데. 수잔나가 말했다. 내가 이 영화에 대해 몇 번 생각해 봤어. 별로 시원찮은 각본에 이렇게 좋은 영화라니.

어떤 영화 말이야?

스테디캠 여러 대로 촬영한 영화 말이야.

아, 그거, 스테디캠. 내가 말했다. 나는 스테디캠이 뭔지 모른다는 사실에 화가 났다. 나는 작가이지 카메라맨이 아니니 기술적인 건 나와 관련이 없다. 그래도 난처했다. 도대체 어떤 영화 말이야?

상관없어. 수잔나가 말했다. 중요한 거 아니야.

그래도 말해 봐, 어떤 영화 말인지!

진짜 중요하지 않아.

진짜 중요하지 않은 거라면 왜 말을 꺼냈어?

아, 이제 중요한 것만 말해야 해? 안 그러면 조용히 입 다물고 있을까? 수도원처럼?

　우리 두 사람은 흥분하기 시작했고, 이유조차 몰랐다.

　어쨌든 사실 뭔가 정상이 아니야. 수잔나가 말했다. 이 집 말이야.

　나는 멈춰 섰다.

　설명하긴 힘들어. 수잔나가 말했다. 분위기가. 뭔가 이상해. 잠을 제대로 못 자. 나쁜 꿈도 꿔, 아주 이상한 식으로. 열병을 앓는 것처럼. 예를 들어 오늘 새벽에 우리 둘이 작은 방에 있었는데, 당신이……

　에스터가 내 귀를 꼬집는 바람에 얼마나 놀랐는지 나는 비명을 질렀다. 에스터가 바로 울음을 터뜨렸고, 수잔나는 날 탓하기 시작했다. 어쩌면 그렇게 경솔한지, 도대체 왜 그러는지.

　무슨 일이 있었어? 내가 물었다. 당신 꿈에서 말이야, 말해 봐!

　싫어. 수잔나가 말했다. 꿈 이야기만큼 따분한 것도 없는 데다, 게다가 잘 기억나지도 않는다고 했다.

　무슨 꿈을 꿨어? 내가 소리쳤다.

　당신이 그렇게 강박적으로 나오면 나도 참기가 힘들어.

　우리는 말없이 계속 걸었다. 나는 더 말할 기분이 아니었고, 수잔나는 언짢은 기분으로 휴대전화 메시지를 보냈다. 에스터는 잠이 들었다. 에스터의 무게가 내 어깨를 짓눌렀다. 보슬비가 내리기 시작했다.

　여길 떠날까? 내가 물었다.

　이번에 걸음을 멈춘 쪽은 수잔나였다. 우리는 서로 쳐다보았다. 비가 우리 어깨를 적셨다. 수잔나가 다가와 내 목덜미를 껴안았다.

오늘 떠나자. 내가 말했다.

응. 수잔나가 말했다. 여기서는 하룻밤도 더 묵고 싶지 않아.

하룻밤도 더 묵지 말자. 내가 말했다.

수잔나는 이렇게 생각했겠지. 당신이 열심히 일만 하니까. 드디어 시나리오 작업에 진척이 있으니까, 계속 노트에 글을 쓰고 있으니까!

그리고 나는 생각했다. 당신과 아이가 여기서 잘 지내고 있으니까.

우리는 잘 지내지 못한다.

돌아오는 길에 비가 그치고, 안개가 걷히더니 산들이 하늘을 배경으로 웅장한 모습을 드러냈다. 그냥 머무를 뻔했다.

지금 수잔나는 위층에서 짐을 꾸리고 있다. 나는 유리창 앞에 놓인 이 탁자에 앉아 마지막으로 글을 쓴다. 다시 사라질까 봐 두려워서 감히 쳐다보지도 못하는 유리창 속 내 모습 앞에서.

사실 거의 아무 일도 없었다. 망상, 악몽, 몇 번의 이상한 반사. 하지만 결정은 내려졌다. 우리는 떠난다.

내 옆에서 에스터는 바닥에 쪼그리고 앉아 레고 블록을 맞추면서 계속 조잘거린다. 이것 봐, 아빠, 이것 봐. 그러면 내가 말한다. 와, 멋진데. 에스터가 뭘 보라는 건지 전혀 모르면서. 유감스럽게도 우리는 숙박비를 이미 지불했지만, 집에 하자가 없으니 환불을 요구할 수는 없을 것이다. 하자는커녕 집 상태는 최상이다.

그럼에도 나는 당장 스텔러에게 전화를 걸 작정이다. 내

가 알고 싶은 건 이 여자가

이제 시작이다
기록해 두어야 한다.
어서, 안 그러면

내 옆쪽 탁자 위에 놓인 수잔나의 휴대전화, 나는 그 전화
기가 필요했다. 수잔나가 스텔러의 전화번호를 알기 때문인
데, 내 기억에 수잔나는 휴대전화에 스텔러의 전화번호가 저
장되어 있다고 말했고, 그래서 내가 바로 그
내가 바로 그 전화기를 집으려는 순간 문자가 왔다. 화면
에 불이 들어왔다. 나는 보고 말았는데

당신을 다시 만지고 싶어.

나도 다른 사람들이 그렇듯 아무 일도 아니거나 농담 또
는 다른 맥락에서 한 말이거나 잘못 보낸 문자라고 생각하며
막 전화기를 집어 드는 순간, 내 머리 위로 2층에서 수잔나가
돌아다니는 소리가 들리고 에스터가 내 바짓가랑이를 잡아당
기는 바람에 결국 소리친다. 지금은 안 돼! 그러고는 문자가
다비드에게서 온 것이고, 성은 없이 그냥 다비드라고만 저장
되어 있는 걸 보게 되고, 내가 아는 다비드가 없어 문자 메시
지를 열어 찾아보다가
나는
문자를 베긴다. 수잔나가 보낸 문자와
다비드가 보낸 문자. 수잔나가 알아선 안 된다

얼마나 있다 오는 거야? 내겐 영원처럼 느껴져

당신을 내 품에 안기까지

당신 품에 안기고 싶어

당신은? 날 생각해? 우리가 얼마나

나는 할 수 없다

문자를 베낄 수가 없다.

나는

당신이 몹시 그리워.

미칠 만큼 당신이 그리워

지금은 안 돼. 알잖아, 아이 때문에

나도 당신을 원해

아니, 할 수 없다

이 정도로 충분하다. 아무 일도 아닌 게 아니다

온몸이 떨려 온다

문자를 베낄 수가 없다.

하지만 내색하면 안 되고, 알아내고야

지금이 몇 시인지 모르겠다. 정신을 차려야 한다, 정신을 차리자. 글 쓰는 게 도움이 된다. 수잔나가 없으니 정신을 차려야 한다. 에스터는 위층에서 자고 있다. 내일은 어떡하지, 에스터가 잠을 깨면 무엇을 하지, 뭐라고 말해야 하지?

나는 결국 해내지 못했다. 이 사실을 혼자 간직하고, 수잔나를 지켜보면서 어디까지 속이는지 알아낼 생각이었다. 수잔나가 내게 어떻게 거짓말을 하는지 지켜보면서, 심사숙고하고 이해하려고 애써 보려 했다. 정신을 차리고 싶었다. 처음에는 잘되는 듯했다.

하지만 그것도 3분 정도였다.

수잔나가 계단을 내려와 에스터에게 사과를 깎아 주며 말했다. 가방을 밖에 좀 내놔, 그럼 출발할 수 있어. 나는 여전히 장난감을 치우고 있다.

금방 할게. 내가 말했다.

그러자 수잔나: 무슨 일이야?

아무 일 없어, 왜? 내가 말했다.

그 말에 수잔나는 무슨 일이 있다는 게 얼굴에 써 있다고 했다.

그리고 나: 말도 안 돼!

그리고 수잔나: 어서 말해!

나는 소리를 지르기 시작했다. 소리를 지른다고 질렀지만 점차 꺽꺽대는 소리에 불과하다는 의심이 들었다. 내가 소리를 지르기 시작하자마자 수잔나는 탁자에 놓인 휴대전화를 잽싸게 집어 들었다. 휴대전화는 그냥 거기 두라고 내가 소리를 질렀고, 아니면 꺽꺽댔고, 에스터가 미동도 없이 나를 올려다보는 동안 나는 문자를 이 수첩에 이미 베껴 두었다고 말했다. 다비드가 누구야? 이 생각을 떨쳐 버리려고 온 힘을 다했는데도, 마치 내가 만든 영화 속 한 장면처럼 모든 게 내 앞에 펼쳐진 것 같다. 그렇다고 더 나을 것도 없었다. 영화에서는 한 인생이 망가질 때 재치 있는 대사가 나오면 기발해 보이지만, 현실에서는 그저 암울하고 불쾌할 따름이다. 부인할 생각이냐고 내가 소리쳤고, 진지하고 조용히 나를 쳐다보던 수잔나가 결코 부인할 생각이 없다고 말했을 때에야 비로소 수잔나가 부인해 주기를 내가 얼마나 바랐는지 분명해졌다.

정신 차려. 수잔나가 말했다. 딸을 생각해. 그러고는 바닥에서 에스터를 들어 올리며 말했다. 잘 시간이야!

어린 딸은 징징대기 시작했다. 아직 훤하잖아, 아직 잘 시간이 아니잖아. 에스터가 싫다고 했지만 수잔나는 에스터에게 입맞춤을 하며 방에서 데리고 나갔다.

나는 꼼짝 않고 앉아 있었다. 생각도 할 수 없고, 내 안에서 힘도 느껴지지 않았다. 위층에서는 수잔나가 왔다 갔다 하는 소리 그리고 조용하고 다정하게 에스터와 이야기하는 소리가 들렸다.

나는 노트를 펼쳤다. 문자를 읽고, 문자의 행간을 읽고, 내가 베낀 끔찍한 문장들을 읽었는데, 그러다가 탁자에 놓인 뭔가를 잡고 손가락으로 돌렸다. 마을 가게에서 받은 삼각자였다. 위층에서는 수잔나가 자장가를 부르는 소리가 들렸다. 아무것도 하지 않고 있자니 견딜 수 없어서 노트를 넘겨 직선을 그렸다. 자를 돌려 조심스럽게 두 번째 직선을 그려 직각을 만들었다. 그러고는 자를 직각이 반이 되도록 놓은 뒤 세 번째 직선을 그렸다.

결과가 이상해 보였다.

각도를 재 보았다. 직각의 아래 절반의 각은 40도였고, 윗부분의 각은 42도였다. 어떻게 이럴 수 있을까? 나는 다시 직각을 재 보았다. 당연히 90도다. 직각을 이루는 두 모서리의 각도를 재 보았다. 아래쪽이 40도, 위쪽이 42도면 몇 도가 모자란다는 말인데, 직각은 모자란 부분 없이 완전한 직각이었다. 다시 한번 재 보았다. 90도.

세상이 꺼진 듯 혼란스러운 내 마음이 원인인 게 틀림없었다. 그래도 말이 안 된다. 나는 천천히 신중하게 다른 직각을 하나 더 그려서 재 보았다. 90도. 다른 직선을 두 개 더 그려 직사각형을 완성했다. 그 사이에 대각선을 그려 넣었다. 이제 직사각형이 완전하게 절반으로 나뉘었다. 그런데 뭔가가 이상했다. 각의 기울기가 똑바르지 않고 애매했지만 내 눈도 완전히 정확하다고는 할 수 없었다. 그래서 직각을 반으로 가른 선에 자를 대고 아래 각도를 재 보았다. 49도. 위쪽 각도를 재 보았다. 51도.

$$49$$
$$+51$$
$$\overline{100}$$

삼각자의 눈금을 가만히 들여다보았다. 뭔가 방해하는 게 있었다. 눈금에 억지로 눈길을 주지 않으면, 눈길이 저절로 눈금을 벗어나고 말았다.

눈속임 자인 모양이다! 나는 삼각자를 불빛에 대고 한쪽 눈을 질끈 감았다. 직각은 이상 없어 보였고, 눈금도 정상이며 숫자가 빠진 곳도 없었다. 누군가가 문가에 서 있는 게 곁눈질로 보였다. 흠칫했다. 수잔나였다. 한순간 나는 수잔나를 잊고 있었다.

휴대전화 말이야. 수잔나가 베이비 모니터를 탁자에 세우며 말했다. 문제가 터져서 보면 늘 휴대전화와 관련 있는데, 그 빌어먹을 문자를 지울 생각을 하지 못한 게 원인이라고 했다. 수잔나는 머리카락을 쓸어 넘기며 지친 표정으로 나를 바라보았다. 물론 사람들은 자신이 똑똑한 줄 알지. 수잔나가 말했다. 자신은 실수하지 않는다고 생각하고, 이런 문자에 우습게 집착하는 바람에 미처 지울 생각을 못 하게 된다고 했다. 다른 바보들과 마찬가지로. 사람들은 휴대전화를 늘 지니고 다니면서 아무 데나 두는 법이 없지만, 가방에서 슬쩍 전화기를 꺼내는 질투심 많은 남편의 열정은 미처 생각지 못한다고 했다. 모든 일과 마찬가지로 남편의 질투심도 절대 비난할 수 없다고 했다. 수잔나가 자리에 앉더니 두 손으로 머리를 감쌌다.

나는 절대 수잔나의 가방에서 휴대전화를 꺼내지 않았다고 떨리는 목소리로 말했다. 그런 일은 생각조차 해 본 일이 없다고. 휴대전화는 여기 이 탁자 위에 있었고, 난 스텔러의 전화번호를⋯⋯.

말도 안 돼. 수잔나가 말했다. 자신은 절대 휴대전화를 그냥 탁자에 두는 법이 없다고 했다. 수잔나는 자리에서 일어서 나를 한참 쳐다보더니 배우다운 목소리로 말했다. 당신이 내 가방을 뒤졌잖아.

피가 얼굴로 쏠리는 걸 느끼며 나도 자리에서 일어섰다. 나는 숨을 잔뜩 들이마신 뒤 첫째로 그건 말도 안 되는 소리이고, 둘째로 해명이 필요한 사람은 내가 아니라고 소리를 질렀는데, 바로 그때 스피커에서 에스터의 목소리가 들려왔다. 에스터가 침대에 똑바로 앉아 있었다. 수잔나가 뛰어나갔다. 곧이어 침대 옆에서 무릎을 꿇고 앉아 노래하는 수잔나의 모습이 화면에 보였다.

나는 자리에 앉았다. 온몸이 얼어붙은 것 같았다. 시간이 얼마나 흘렀는지도 몰랐다. 마침내 수잔나가 돌아왔다.

그 뒤에 일어난 일에 대해서는 내 기억이 조각조각 간직

하고 있을 뿐이다. 소리 지르고, 뭔가를 탁자 위로 집어 던지고, 주먹으로 탁자 상판을 내려치는 나를 본다. 수잔나는 천천히 말하고, 얼굴이 창백하고, 나는 울고, 다시 안정을 찾는다. 내가 말을 하고, 수잔나는 말없이 듣는다. 내가 질문하고, 수잔나는 왔다 갔다 한다. 이번에는 탁자에 앉아 우는 쪽이 수잔나이고, 나는 창가에 서서 침묵하다가 선 채로 수잔나에게 소리를 지르는데, 바깥의 어둠이 이미 짙어져 앞이 보이지 않는 걸로 보아 그동안 시간이 좀 흐른 모양이다. 그때 수잔나도 소리를 지르고, 탁자의 이쪽에는 내가, 저쪽에는 수잔나가 서서 동시에 소리를 지르다가 이제는 내가 다시 탁자에 앉아 두 손을 머리에 파묻고, 창가에 힘없이 기댄 수잔나를 바라본다. 마음 같아서는 자리에서 일어서 수잔나에게 다가가 수잔나의 두 뺨을 감싸며 모든 걸 잊자고, 사랑한다고 말하고 싶었다. 이 일을 잊지 못하는 나로서는 가당치 않다는 걸 알지만, 그래도 수잔나에게 다가가 수잔나의 뺨을 두 손으로 감쌌는데, 내가 입을 열기도 전에 수잔나가 말한다. 이제 날 내버려 둬, 그만 놔 줘, 날 놔 줘, 당신은 이해 못 해! 그러고는 우리 둘 다 다시 소리를 지르는 바람에 나는 수잔나의 말을, 수잔나는 내 말을 알아듣지 못했고, 나는 탁자에 앉아 현관문 닫히는 소리와 자동차에 시동이 걸리는 소리를 듣고 나서 조그맣게 쏴쏴 소리가 나는 고요에 귀 기울이며 모든 걸 기록하지만, 수잔나의 말대로 나는 이해하지 못한다. 이해가 되지 않는다.

아침에 아이가 일어나면 뭘 하지?

여전히 밤이다. 다비드는 누구일까?

아무럼 어때, 나는 얼른 나 자신에게 말한다. 무슨 상관이야. 다비드가 있다는 사실이 중요할 뿐이다.

근데 그는 누구지?

배우, 댄서 아니면 더 형편없는 놈? 그러고는 곧 되묻는다. 왜 그런 편견을 갖지? 그 사람에 대해 전혀 모르면서, 그가 외과 의사나 기상학자일 수도 있잖아. 그래도 상관없다. 문제는 그게 아니다.

근데 그는 누구지?

최근 영화 작업을 함께한 동료일지도 모르니, 다비드라는 사람이 있었는지 확인해 봐야 한다. 하지만 그래봤자 무슨 소용이 있는가? 문제는 그게 아니다.

근데 그는 누구지?

내일 아침 일찍, 에스터 앞에서 모든 게 정상인 것처럼 행동해야 한다. 변호사에게 전화를 걸어 우리에게 별도의 재산 또는 공동의 재산이 있는지 물어봐야 한다. 이걸 모르다니 나도 미쳤지만, 이 문제를 생각하기에는 너무 이른 것 아닌가. 내 말은, 누가 그렇게 빨리 이혼을 생각하겠는가. 다른 한편으로는, 어떻게 이 사실이 없던 일처럼 살 수 있겠는가. 수잔나와 그 남자를 상상하기만 해도. 하지만 난 상상하면 안 된다. 가장 중요한 건 이거다. 상상하지 않는 것.

여전히 밤이다. 몇 시인지 모르겠다. 내 휴대전화가 보이지 않는다. 손목시계는 안 차고 다닌 지 벌써 오래다.

수잔나가 전화할지도 모르니까 휴대전화가 있어야 할 것 같다.

나중에 읽어 봐야 한다. 요 며칠 사이의 일들, 모든 거짓말들. 내가 다 기록해 두었다. 페이지를 넘겨 보니 이곳에 온 첫날 오후 거실 장면이 나온다. 우리는 오래전부터 익숙한 방식으로 싸우고, 밤에는 평소처럼, 마치 수잔나가 그 남자 생각을 하지 않는 것처럼 우리는 창가에 서 있다. 그러고는 아침 식사를 하고, 나는 수잔나의 눈에 대해 서술한다. 눈은 사실 파란색이라기보다는 검은 조각들이 박힌 터키석색이다, 수잔나 옆에는 휴대전화가 놓여 있고 다비드가 수잔나에게, 수잔나가 다비드에게, 그가 그녀에게, 그녀가 그에게, 그리고 그가 그녀에게 문자를 보내는 동안 나는, 왜 이 부분에 가 버려라고 적혀 있지?

내가 쓴 글이 아니었다. 내가 쓰지 않았다.

그렇다면 대체 누구인가, 누가 썼단 말인가, 진정해, 수잔나가 틀림없다! 수잔나는 내 글씨체를 모방할 수 있다, 내가 안다. 계속 페이지를 넘기자 내가 장을 보려고 계곡으로 차를 운전하고, 그동안 수잔나는 집에 머물면서 다비드와 통화할 시간을 갖는데, 그때 내가 돌아온다, 왜 다시 가 버려라고 적혀 있지? 논리적으로 생각해 봐. 수잔나가 내 노트에다 이 말을 썼다면 어떻게 줄 안에 끼워 적을 수가 있지? 기껏해야 가장자리에 적어야 하는 거 아닌가?

이젠 그 문제를 신경 쓸 수도, 설명할 수도 없다. 그냥 할 수 없다. 페이지를 계속 넘겨서 산책한 부분을 읽는다. 나는 순진하게도 수잔나가 계속 휴대전화를 들여다본다고 적어 놓기까지 했으니

곧 아침이 온다. 나는 아주 빠르게 글을 쓰고, 조금 전에 일어난 일을 기록한다. 미치지 않으려면 기록해 두어야 한다.

아니면 내게 무슨 일이 닥칠 경우를 대비해서다. 에스터는 소파에 누워 있다. 에스터가 다시 잠들었다. 끔찍한 일이었다.

내가 앉아서 노트를 읽는 동안 갑자기 무슨 소리가 들렸다. 사람 목소리 같은데 아주 높았고, 목소리는 내가 알아듣지 못하는 말들을 이루면서 노래하듯 올라갔다 내려갔다 다시 올라갔는데, 나로서는 처음 듣는 노래였다. 그 소리가 베이비 모니터에서 나온다는 걸 알아채기까지 잠시 시간이 걸렸다. 하지만 화면에는 곤히 잠든 에스터 모습만 보였다. 머리는 베개에, 손은 이불 밖으로 삐져나왔고, 옆에는 아무도 없었다. 나는 방을 뛰쳐나가 계단을 올라간 뒤 복도를 따라 달렸고, 아이 방으로 쓰러지듯 뛰어 들어가 전등을 켰다. 아무도 없었다. 에스터는 푹 잠들어 있었다. 그럼 그건 뭐였지. 나는 귀를 기울였다. 사방이 조용했다.

그래서 다시 전등을 끄고, 문을 살며시 닫고, 계단을 내려와, 거실 쪽으로 가고 있을 때 다시 목소리가 들렸는데, 낯설고 오래된 단어들을 말하는 목소리는 절반은 속삭임, 절반은 한숨 소리였다. 거실에 돌아와 화면 속에서 에스터 침대 위로 몸을 숙인 커다란 형체를 보는 순간 내 심장이 멎는 듯했다.

그제야 나는 그 형체가 나라는 사실을 알아차렸다. 화면 속 침대 옆에 있는 사람은 나 자신이었다. 전송 지연이 분명했다. 화면은 1분 전 모습이었고, 들리는 소리는 무선 신호였다. 이런 상황을 깨달은 내가 안도의 한숨을 쉬고 있을 때, 아이가 몸을 홱 일으키더니 눈을 떠 내 형체를 뚫어져라 쳐다보고 소리를 지르기 시작했다.

나는 계단을 뛰어 올라갔고, 비틀거리다가 계단에 무릎을 부딪쳤지만, 다시 몸을 일으키고는 다리를 절뚝거리며 소리쳤다. 가고 있어, 가고 있어! 문을 열고 전등을 켜니 에스터는 누워서 자고 있었다.

알록달록한 아동용 의자를 하나 끌어다 앉으며 힘겹게 숨을 몰아쉬고 있을 때, 마치 누군가가 내게 말하기라도 하듯 아주 또렷한 생각이 들었다. 너는 갔어야 했어. 이젠 너무 늦었어. 천천히 일어섰다. 에스터를 혼자 놔둘 수는 없지만, 그렇다고 밤새 그 조그마한 의자에 앉아 있을 수도 없었다. 그래서 에스터를 조심스럽게 침대에서 들어 올렸다. 에스터는 잠결에 중얼거리더니, 약간 뒤척여 내 쪽으로 몸을 더 꼭 붙였다. 에스터가 내 목덜미에 얼굴을 파묻자 에스터의 숨결이 내 살갗에 따뜻하게 전해져 왔다. 넘어지지 않도록 한 걸음 한 걸음 조심스럽게 계단을 내려가는 동안 에스터는 나지막이 코를 골기 시작했다. 거실로 내려가 에스터를 소파에 눕혔다. 에스터는 한숨을 쉬며 몸을 웅크렸다.

이제 에스터는 여기서 자고 있다. 나는 거실 문을 잠갔다. 에스터는 여기 있고, 그것만 중요하다. 위층에 누가 있든, 뭐가 있든 나는 알고 싶지 않다. 지금 막 화면 속에 조용히 잠든 에스터가 보이더니 낯선 목소리가 에스터에게 노래를 불러 주었다. 의심의 여지 없이 에스터가 내 옆 소파에 누워 있는데도. 도저히 견딜 수 없었다. 플러그를 뽑아 버렸다.

그런 다음 다시 한번 재 보았다. 모서리 하나는 값이 그대로였지만, 다른 모서리는 값이 변해 있었다. 이제 아래쪽 각은 39도, 위쪽 각은 41도다. 나는 노트에서 그 페이지를 찢은 뒤 동그랗게 구겨 던져 버렸다.

계단에 부딪친 무릎이 아팠다. 창문에 모습이 비치지 않도록 전등을 꺼 버리고 싶었지만, 어둠은 더 끔찍할 것 같았다. 방금 전에 잠깐 창문 쪽을 쳐다보았다. 모든 게 정상이었고, 나 자신과 아이도 다 그대로 보였는데, 다만 문이 활짝 열려 있었다. 내가 잠가 버린 문이.

그냥 환상일 뿐이야. 나는 스스로에게 계속 이야기했다. 그냥 환영일 뿐이야, 환영은 아무것도 손댈 수 없고, 아무 짓도 할 수 없어, 너한테도, 아이한테도.

아주 고요하다. 내 숨소리만 들린다.

벽에 사진이 걸려 있다.

가느다란 금속 테두리 안에 든 사진. 사진은 텔레비전 맞은편 철제 찬장 옆에 걸려 있다. 약간 비스듬히 걸린 사진에는 나무에 기대 선 남자가 보인다. 남자는 유행에 한참 뒤떨어진 양복 차림으로 손에는 모자를 들고 있는데, 수염 난 얼굴은 심각함을 넘어 절망적으로 보인다. 색은 이미 바랬다. 이 집을 통틀어 사진이 하나도 걸려 있지 않다고 기록한 기억이 난다. 노트를 뒤져 보면 알겠지만 지금은 때가 아니다. 이 벽을 본 기억이 없는 데다 이 사진도 못 보고 지나친 모양이었다. 하지만 이런 사진을 못 볼 수 있을까? 그리고 이렇게 쓴 기억도 난다. 이 집 어디에도 사진은 걸려 있지 않다. 이곳에 사진이 있었다면 내가 그렇게 썼을까?

언젠가 밤이 끝날 것이다.

바닥에 뻗은 채 얼마나 잤을까? 등이 쑤신다. 여전히 밤이다. 꿈을 기록해.

나는 밖에 나가 산비탈에 서서 계곡을 바라보았다. 그러다가 고개를 들어 비스듬히 빙하 위를 올려다보고 다른 산도 바라보았다.

산은 말할 수 없이 거대했고, 내가 본 어떤 심연보다 골이 깊었다. 바닥에 닿기까지 몇 시간이고 떨어질 것만 같았다. 절벽을 지나고, 더 많은 절벽과 틈새와 뾰족한 바위 봉우리들과 더 깊은 틈새와 점점 더 많은 암석을 지나, 모든 것이 현기증 날 만큼 깊은 저 아래로 사라졌다. 산을 바라보고 있는데 누가 잡아당기는 느낌이 들었다. 외풍이 부는 것처럼 약한 소용돌이였는데, 바로 중력이었다. 산은 질량이 무척 커서 산의 중력이 느껴질 정도였고, 그래서 그저 뛰어내려야 했고, 내 무게 때문에 서로 더 끌어당기면서 아무 방해도 받지 않는다는 게 분명해졌다.

그리고 이제 나는 탁자에 앉아 관절에 통증을 느끼며 노트에 글을 끼적인다. 세계산이라는 단어가 떠오른다. 나는 이 단어가 무슨 뜻인지 모르지만 그냥 제쳐 놓을 수가 없는 것이, 이게 그것이기 때문이다. 내가 본 것이.

12월 6일

서두르자, 에스터가 만화영화를 보는 동안.

동이 틀 무렵, 에스터는 날 깨우며 당연히 엄마부터 찾았다.

엄마는 시내에 볼일 보러 갔어, 내가 말했다. 그래도 재밌잖아, 너랑 나랑, 그래도 좋잖아.

내가 왜 소파에서 잤어?

그것도 재미있으니까, 소파에서 자는 거!

그게 왜 재미있어?

여기서 기다려, 내가 말했다. 휴대전화 찾아야 해.

거실을 나가며 나는 부엌 찬장 옆에 있는 흰 벽을 쳐다보았다. 나무 옆에 선 남자 사진은 늘 그 자리에 있었다는 듯 걸려 있었다.

벌써 계단을 오르고 있는데 에스터가 다시 날 부르는 소리가 들렸다.

곧 갈게, 나는 소리치며 널찍한 침실로 들어섰다. 그곳에는 다 꾸린 가방들이 놓여 있었고, 수잔나는 가방을 그대로 두고 갔다. 그리고 여기, 콘센트에 꽂힌 충전기에 내 휴대전화도 있었다. 수잔나에게 전화를 걸어 보았지만 받지 않았고, 나도 메시지를 남기지 않았다. 그보다 더 중요한 건 택시를 부르는 일이었다. 이런 한적한 곳에도 택시는 있겠지, 저 아래 마을에 없으면 다음 마을에라도, 거기도 없으면 또 다른 마을에라도. 값만 제대로 쳐 준다면 누군가는 와서 우리를 태워 줄 것이다.

다시 거실로 돌아왔을 때, 내 휴대전화가 진동했다. 화면에 슈미트라는 이름이 떴다. 나는 머뭇거렸지만 슈미트를 화나게 할 자신이 없어 그냥 받았다.

흠, 슈미트가 물었다. 두 예쁜이는 어떻게 되어 가나?

처음에 무슨 말인가 했지만, 곧 야나와 엘라 이야기라는 걸 알아차렸다.

아주 잘되고 있죠, 내가 말했다. 아이디어가 끝도 없다고. 벌써 노트 한 권에 꽉 찼다고.

에스터가 내 바짓가랑이를 잡아당겼다. 나는 에스터를 밀쳤다. 에스터가 울음을 터뜨렸다.

아주 좋아, 슈미트가 말했다. 아주 훌륭해.

네, 그럼요, 내가 말했다.

짤막하게 던져 봐, 슈미트가 말했다. 설명해 보라고.

지금 당장은 좀 곤란한데요, 내가 말했다.

어서, 그가 말했다. 맛보기로! 슈미트의 목소리가 좀 이상했다. 날 믿지 못하는 걸까?

나는 한숨을 돌리며 입을 벌렸다가 다시 닫았다. 아무것도 떠오르지 않았다. 내가 스케치하고 고심했던 모든 것, 모든 상황과 요점들이 삭제된 기분이었다. 나는 휴대전화를 턱 밑에 괸 채 노트를 뒤적였다.(구불구불한 길을 어떻게 내려갔는지 묘사한 부분이 나왔다. 나는 계속해서 넘겼다.) 마을에서 장을 본 부분이 나왔다. 야나와 엘라가 나오는 부분이 어디였더라? 잠깐 가만히 있어 봐, 나는 에스터를 나무랐다. 잠깐이면 돼, 아빠 전화해야 해, 그만 좀 울어!

뭐라고? 슈미트가 물었다.

그러니까, 야나는 집을 나가야 해요, 내가 말했다. 엘라가 내쫓았거든요. 마틴이 엘라 집에 들어와 살길 원해서.

마틴?

세무 공무원, 기억 안 나요? 이게 문제의 근원이죠. 갈등. 미친 짓거리들.

나는 잘 몰라, 슈미트가 말했다. 난 영화가 출시된 바로 그 달에 세무 조사를 받았어. 그 이듬해에도 한 번 더 받았고. 근데 정확히 어떤 미친 짓거리들을 말하는 거야?

이제 에스터가 바짓가랑이를 어찌나 꽉 붙잡았던지 난 균형을 잡기가 힘들었다.

아주 여러 가지로 많죠, 내가 말했다. 미친 짓거리들은.

그럼 어디 말 좀 해 봐. 어떤 미친 짓거리들인지 설명해 보라고!

내가 다시 전화해도 될까요?

지금 곧 진흥위원회 사람들을 만나기로 했어. 자네가 지금 설명을 좀 해 주면, 내가 그 사람들한테…….

수신이 안 좋아요!

난 잘 들리는데.

나는 전화를 끊고 무릎을 꿇어 흐느껴 우는 딸을 안아 주고 입을 맞추었다. 에스터는 어깨를 들썩이고 온몸을 떨어 가며 울었다. 엄마 어디 있어, 에스터가 소리쳤다.

내가 말했잖아, 나는 속삭였지만 어떤 거짓말로 둘러댔는지 기억나지 않아 당황스러웠다.

엄마 어디 있어?

이제 뭐라고 말하지? 아까와 다르게 설명했다가는 에스터가 알아차릴 텐데. 너도 알잖아, 나는 이렇게 말하며 에스터를 번쩍 들어 올려 비행기 모터 같은 웅웅 소리와 함께 에스터를 오른쪽에서 왼쪽, 다시 오른쪽으로 힘껏 흔들었다. 에스터는 이렇게 해 주는 걸 좋아했고 늘 효과가 있었는데, 정말 까르륵까르륵 웃기 시작했다. 휴대전화가 진동했고, 슈미트한테서 다시 전화가 왔다. 나는 땀을 뻘뻘 흘렸고, 깜짝 놀라 에스터를 너무 세게 흔들어 댄 바람에 에스터가 다시 울음을 터뜨렸다.

괜찮아, 괜찮아, 괜찮아, 괜찮아, 내가 말했다. 재밌었잖아. 아무 일 없었잖아. 바닥에 에스터의 그림책이 한 권 보였다. 나는 얼른 에스터를 소파에 앉힌 뒤, 그림책을 집어 들어 읽어 주기 시작했다. 휴대전화가 잠잠해졌다.

그림책은 천으로 만든 곰 이야기로, 어떤 이유에서인지 이름이 마울팽글리인 곰이 실은 커다란 침대에 불과한 어느 나라에서 금을 찾아 나서는 내용인데, 이 금은 오래전에 해적이 숨겨 놓은 진짜 금이다. 나는 목쉰 소리로 낭송했다.

마울팽글리-곰은
금으로 된 보물을
찾아 나선 길에서

엄청 고생했습니다.

누가 이 따위 글을 쓰지, 나는 생각했다. 이런 글을 써서
어떻게 먹고살지? 어떻게 생활을 꾸려 나가지?

왜 곰 이름이 마울팽글리야? 내가 물었다. 무슨 뜻이야?

모자 때문에, 에스터가 말했다.

나는 알록달록한 그림을 들여다보았다. 곰은 모자를 쓰
지 않았다. 나는 그만 따지기로 마음먹었다. 마지막 장에서 마
울팽글리-곰은 보물을 찾지 못했지만 재물보다 더 중요한 게
있음을 깨닫는다. 사람들이 서로 사이좋게 지내고 평화롭게
사는 일이다.

근데 왜 사람들이지? 내가 물었다. 마울팽글리가 사람들
과 무슨 상관이 있다고? 개는 곰이잖아.

에스터는 다시 울기 시작했다.

텔레비전 볼래?

에스터는 좋아서 펄쩍 뛰었다. 얼른 눈물을 닦았다. 에스
터는 무엇보다 텔레비전 보는 걸 좋아했다. 보통은 텔레비전
을 못 보게 하지만, 지금이야말로 예외가 필요한 때다. 나는
리모컨을 들어 텔레비전을 켰다. 켜자마자 뉴스가 나오기에
채널을 돌렸더니 또 뉴스가 나왔고, 그래서 다시 채널을 돌렸
더니 세 번째 채널에서는 눈이 가느다란 여자가 나타났다. 여
자의 얼굴이 화면을 가득 채웠다.

나는 텔레비전을 껐다. 온몸이 싸늘해지면서 방이 천천히
빙빙 도는 기분이었다.

약속했잖아, 에스터가 소리쳤다. 그럼 왜 보여 준다고 했
어!

에스터의 관심을 딴 데로 돌리려면 내가 벌떡 일어서서 이리저리 춤을 출 수밖에 없었다. 오른발 들고, 왼발 들고, 거기다가 요들송을 부르고, 아무 도움도 안 되는 저 먼 회색 하늘과 빙하를 올려다보고, 그 아래 계곡의 푸르죽죽한 그림자를 내려다보았다. 난생처음으로 노래 부르며 풀쩍 뛰고 손뼉을 치는 동안 나는 스스로 미친 건 아닌지 심각한 의문이 들었다. 근데 그건 어떻게 알 수 있을까, 어떻게 확인할 수 있을까? 그런 의문을 갖는다는 것 자체가 이미 내가 미치지 않았다는 증거는 아닐까? 어리둥절해서 텔레비전 시청도 잊어버린 에스터는 손뼉 치고 풀쩍 뛰는 내 동작을 따라 했다. 아냐, 내가 생각했다. 그렇게 간단하지 않아. 내가 미친 게 아닐까 의문을 갖는다는 게 미치지 않았다는 증거는 아니다.

에스터가 피곤해하자, 나는 부엌 쓰레기통을 뒤졌다. 사과 껍질, 귀리 낟알 덩어리, 조그맣게 괸 우유 찌꺼기, 은색 버터 종이, 그리고 그룬트너 잡화점 영수증이 구겨진 채 들어있었다. 영수증 위쪽에 스탬프로 찍힌 주소와 전화번호가 있었다. 나는 휴대전화를 들고 번호를 눌렀다.

신호가 한참 울렸다. 다섯 번, 여섯 번, 일곱 번. 계속 울렸다. 난 에스터가 다시 울까 봐 걱정했지만 에스터는 무슨 일이냐는 듯 그저 나를 바라보았다. 신호가 벌써 열두 번이나 울렸다. 열세 번, 열네 번. 전화를 막 끊으려는데, 남자가 전화를 받았다.

접니다, 내가 말했다. 택시가 필요해요. 누가 우릴 데리러 와 줘야겠어요.

누구요?

내게 뭘 보여 주고 싶었죠? 내가 물었다. 이 삼각자로, 뭘 보여 주려고 한 겁니까?

보여 준다니, 그가 말했다. 보여 준다고요?

그러더니 그는 잠시 침묵했다.

네, 각도가 안 맞아요, 마침내 남자가 말했다. 그렇죠? 절대 안 맞아요, 각도가, 그 위에서는.

왜죠?

주민 중 한 사람이……. 남자가 헐떡거렸다. 표준어를 쓰는 게 힘든 모양이었다. 주민 중 한 사람인 애걸리 한스는 보리수 농장 주인인데 그 사람 말로는, 개미로서는 여기가 대성당인지, 발전소인지, 화산인지 전혀 모른다는 거요. 남자는 기침을 하더니 생각에 잠기며 말했다. 그런데 이제 애걸리가 다시 술을 마셔요. 말도 많이 하고.

이 집이 예전에는 뭐였죠? 새 집이던데, 전용 도로가 있더군요. 이 도로는 언제 놓인 거죠?

예전에는 다른 집이 있었소.

알아요, 그러니까 어떤 집이었냐고요?

그렇게 소리 지르지 말아요. 다른 집이었소. 역시 별장이었지. 사람들이 와서 휴가를 보내고, 다시 떠났소. 때로는 일찍 떠나기도 했고. 그래서 스텔러는 숙박비를 늘 선불로 받죠. 한번은 무슨 일이 있었소.

아빠, 에스터가 불렀다. 보여 줄 게 있어!

무슨 일이 있었나요?

아빠!

지금은 안 돼. 무슨 일이 있었죠?

사람이 사라졌소. 휴가객이 있었소. 그러다가 없어졌지. 다신 못 찾았소. 추락한 모양이오. 산에서는 순식간에 벌어지는 일이지. 수많은 틈새. 미끄러운 경사. 여기 길들은 경계가 분명하지 않소. 애걸리 한스가 산악 구조대를 맡고 있지만, 아시다시피 그 양반은 술을 좋아하오. 그리고 이곳에서는 사람들이 늘 사라져요. 벌써 예전부터 그랬소.

예전 집이 있기 전에는 뭐가 있었죠?

다른 집.

어떤 집이었죠?

그냥 다른 집. 어느 땐가 탑이 있었다고 하지, 아마.

탑이요?

없었을지도 모르고. 떠도는 소문이오. 하지만 도로는 아주 오래됐소.

얼마나 오래됐죠?

늘 있었소.

늘?

늘.

어떤 탑이었죠?

악마가 그 탑을 지었고, 마법사가 신의 도움을 받아서 그 탑을 무너뜨렸소. 아님 그 반대였나, 마법사가 그 탑을 지었고, 신이 그 탑을 무너뜨렸던가.

그 소문을 확인해 볼 수 있을까요? 마을 연대기 같은 거 있어요?

뭐요?

마을 연대기.

남자가 웃었다. 여긴 그런 거 없소.

아빠, 에스터가 불렀다. 아빠, 이젠 좀 봐, 이거 봐, 아빠!

에스터의 목소리가 얼마나 날카롭고 다급한지 나는 깜짝

놀라 식은땀이 날 정도였지만, 에스터가 내게 보여 주려고 한 건 그저 이리저리 짜 맞춰 만든 레고 블록일 뿐이었다.

아주 좋은데, 내가 속삭였다. 아주 멋져!

에스터는 몸을 숙여 내 신발 끈을 풀기 시작했다.

지금 손님이 왔소, 남자가 말했다.

기다려요, 내가 소리쳤다. 택시가 필요해요! 콜택시 번호 좀 알려 줘요!

내가 전화 안내원인 줄 아쇼?

집사람이 자동차를 타고 떠나 버렸어요. 택시 전화번호가 필요해요. 누군가……

내 말을 중단시킨 건 지금껏 들어 보지 못한 완전히 다른 잡음이었다. 덜거덕 소리와 헐떡이는 소리가 반반씩 섞여 있었다. 통화 소음 같진 않고, 생명체가 내는 소리 같았다.

여보세요, 내가 외쳤다. 아직 듣고 있어요?

그러나 수화기는 잠잠했고, 화면에는 이런 문자가 떴다. 연결 없음.

나는 휴대전화를 들었다 내렸다 하면서 창가로 갔다. 연결 없음. 나는 신발 끈을 동여맸다.

가자, 에스터의 손을 잡으며 내가 말했다. 에스터는 종종걸음으로 날 따라왔다. 현관 손잡이를 아래로 눌러 보았지만 문은 잠겨 있었다. 새벽에 내가 직접 현관문을 잠갔다는 사실을 기억해 내기까지 잠시 시간이 걸렸다. 열쇠가 꽂혀 있어서 열쇠를 돌려 밖으로 나왔다.

깜짝 놀란 에스터가 날카로운 비명 소리를 냈다. 다시 거실이었다.

정말이었다. 거실을 나왔는데, 우리가 빠져나온 문이 우리를 다시 거실로 데려다 놓았다.

흠, 이럴 수가, 나는 짐짓 최대한 즐거운 척 꾸미며 말했다. 그러다가 기차 여행이나 레스토랑에 갈 경우를 대비해 휴대전화에 저장해 둔 옛날 만화영화 「정글북」을 찾아 에스터에게 건넸다. 에스터는 고마워하며 전화기를 받아 들었다.

왜 그런 생각이 들었는지 모르겠지만 사태가 어떻게든 진정될 거라는 생각이 어렴풋이 들었다. 솟구치는 물줄기도 잠시 기다리다 보면 잔잔해지듯.

개미에 비교하는 건 적절하지 않다. 종이에 그려진 존재에 비교하는 게 훨씬 나을 것이다. 이 존재가 살아 있다고 가정한다면 그저 종이 위에, 종이의 표면 위에 살고 있다. 이제 종이에 산이 하나 있다고 상상해 보자. 이 존재가 산 둘레에 원을 그리고, 이때 만들어진 면적은 측정이 가능하지만 앞에 무엇이 있는지는 전혀 알지 못한다. 왜냐하면 종이에는 이성이 가늠할 수 있는 원보다 더 많은 것이 있기 때문이다. 이 존재에게는 그저 불가사의한 영역일 뿐이다.

내가 모든 걸 기록해 두었으니, 이 노트를 발견하는 사람은 무슨 일이 벌어졌는지 알게 될 것이다. 생각만으로도 끔찍하지만, 그래도 그 누군가를 염두에 두어야만 한다. 저기 앉아 있는 내 딸은 아무것도 모른다. 저기서 영화를 보고 있다. 그리고 나중에 우리 두 사람 역시 사라지고 말 것이다. 아내가 남편 곁을 떠났으니, 그가 무슨 마음을 먹었는지 누가 알겠는가. 산에는 틈새가 많아 나쁜 마음을 품으면 일도 순식간에 벌어지기 마련이다.

비 내리는 오후. 점점 구름으로 뒤덮이고, 계곡에는 안개가 끼더니 빙하가 모습을 감추었다. 휴대전화는 충전기에 꽂아 두는 게 좋겠다. 집을 벗어날 경우를 대비해서 배터리를 충전해 두어야 하니까.

벌써 에스터는 영화를 세 번째 보았다. 시어 칸은 세 번째 불이 붙은 채 쫓겨나고, 모글리는 세 번째 사람의 마을로 돌아왔다. 나는 플러그를 뽑는다. 배터리 충전이 끝났다. 걸려 온 전화는 없었다. 노트는 탁자 위에 두고 갈 생각이다. 자리에서 일어서서, 에스터의 손을 잡고, 뒷걸음질로 문까지 가서, 뒷걸음질로 복도를 지나, 뒷걸음질로 집을 빠져나갈 생각이다. 이유는 모르겠지만 왠지 뒷걸음질로 가는 게 도움이 될 것만 같다.

성공한다면, 이것이 마지막 기록이다.

12월 7일

아니면 아직 6일인가? 니콜라우스의 날. 어제는 니콜라우스의 날이었지만 아무도 기억하지 못했다. 이미 자정이 지났는지도 모르겠다.

내가 예전에 별을 보면서 마음의 안정을 느꼈다니 이상한 일이다. 수많은 천문학자들에 따르면 우주는 무한대로 뻗어 있을 가능성이 있다. 별이 가득하고, 은하가 가득하고, 별과 은하는 점점 더 늘어나고, 글자 그대로 점점 더 늘어나면서.
왜 지금 별에 대해 이렇게 생각이 많아지는지 나도 모르겠다.
에스터는 행군을 하느라 지쳤는지 소파에서 다시 잠이 들었다. 어깨가 쑤신다. 네 살짜리 아이는 생각보다 무겁다.
천문학자들의 주장에 따르면 이 무한한 우주는 각기 다른 법칙을 지닌 수많은 무한한 우주 중 하나에 불과할지도 모른다. 한 우주는 다른 우주에서 도달할 수 없으며, 각각은 서로 엄격히 분리되어 있다. 보통은.

그러니까 나는 초저녁에 자리를 박차고 일어서 에스터에게서 휴대전화를 앗은 뒤, 딸의 손을 잡고 뒤돌아보면 안 된다고, 이건 게임이라고 말했다. 그러고는 우린 뒷걸음질로 걸었다. 그러다 보니 복도에 이르렀다. 목재 바닥, 흰 벽, 왼쪽으로 세탁실 문, 그 옆으로 반쯤 열린 문은 처음 보는 것 같았다. 그 문 앞을 지나면서 안을 들여다보았다. 방은 비어 있었고, 천장에는 노출 전구가 달려 있고, 모퉁이에는 다리가 하나 빠진 나무 의자가 놓여 있다. 순간 그 방에 들어가고 싶은 충동이 강하게 일어 당황했지만 나는 꾹 참고 에스터를 계속 이끌었다.

화장실 가고 싶어, 에스터가 말했다.

지금은 안 돼.

현관 옆 옷걸이에 나와 딸의 다운 재킷이 걸려 있었고, 왼손으로 옷을 집어 들었다. 오른손으로는 에스터를 꽉 붙잡은 채, 재킷을 겨드랑이에 끼고 등 뒤로 현관 손잡이를 더듬거리며 찾았다. 현관문이 열리지 않을까 봐 잠시 겁이 났지만 문은 열렸다.

뒤돌아보면 안 돼, 내가 말했다.

안 돼, 안 돼, 안 돼, 에스터가 킥킥대며 말했다.

우리는 뒷걸음질로 밖으로 나갔다. 무척 추웠다. 입김이 뿜어져 나왔다. 나는 현관문을 닫고 무릎을 꿇은 채 조심스럽게 에스터에게 재킷을 입혔다. 그런 다음 이를 덜덜 떨며 내 재킷을 입고 지퍼를 채운 뒤 깃을 세웠다. 지금이야말로 아기띠가 필요한 때지만 위층 캐리어에 들어 있었다.

이젠 뭐 해? 에스터가 물었다.

좀 더 가자.

걸어서?

걷기 싫어하는 거 알아. 하지만 오래 걸리지 않을 거야.

우리는 길을 나섰다.

집에 누가 있어, 에스터가 말했다.

내가 뒤돌아보았다. 거실 전등을 끄지 않고 나왔다. 불빛
이 환하게 뿜어져 나오는 커다란 직사각형 창문 뒤로 형체가
모습을 드러냈다. 어깨를 축 늘어뜨린 누군가가 고개를 비스
듬히 기울인 채 우리를 내려다보고 있었다.

말도 안 돼, 내가 말했다.

아빠는 안 보여?

아무도 없어. 가자.

그 형체는 방금 있던 곳에서 약간 더 왼쪽으로 자리를 옮겼
고, 옆에 또 다른 형체가 보이더니 지금은 다시 아무도 없었고,
그러는 사이 창문을 둘러싼 집의 정면 쪽이 잔물결처럼 주름이
잡혔다. 한순간 주택 전체의 모습이 완전히 흐릿해지더니 집이
저 멀리에서 뾰족하고 거대하게 우뚝 솟았는데, 그 방향은 위
쪽이 아니라 완전히 생각지도 못한 엉뚱한 방향이었다.

집이 아주 작아 보여, 에스터가 말했다.

이제 그만 쳐다봐, 내가 말했다.

가는 내내, 한 여자의 이미지가 현기증이 날 정도로 또렷
하게 나를 사로잡았다. 몇 년 뒤에 창가에 나타나거나 아니면
어쩌면 꽤 오래전부터 창가에 서 있었을지도 모를 이 여자가
두 유령, 그러니까 한 남자와 아이가 서로 손을 잡고 밤 속으
로 멀어져 가는 모습을 깜짝 놀라서 지켜보는 상상이었다.

우리 등 뒤쪽 창문에서 여전히 뿜어져 나오는 약한 불빛이 도로를 비추었다. 도로는 주차장에서부터 50미터 정도 죽 뻗어 있었다. 그러다가 첫 커브가 나왔다.

나 화장실 가야 해, 에스터가 말했다.

여기서 볼일 봐, 내가 말했다. 얼른.

에스터가 볼일을 끝내자 우리는 계속 걸었다. 커브를 돌고 나니 어찌나 어두운지 마치 눈을 감고 걷는 것 같았다.

나는 휴대전화를 꺼냈다. 에스터가 영화를 보는 동안 휴대전화를 충전해 둔 덕에 배터리는 충분했다. 휴대전화 뒷면의 작은 램프에서 나오는 불빛은 경사가 급한 도로를 비춰 주기에 충분했다. 나는 에스터를 꽉 붙잡았다. 얼음처럼 차가운 내 손 안에 놓인 딸의 손은 따뜻했다.

엄마 어디 있어?

내가 말해 줬잖아.

어디 있는데?

집에. 우리도 곧 집에 갈 거야.

너무 어두워!

그렇구나, 내가 말했다. 그래도 재미있잖아. 그래도 신나잖아. 우린 모험을 하는 거야.

에스터는 울기 시작했다.

내일 레고 세트 사 줄게, 내가 말했다. 네가 갖고 싶어 하던 가장 큰 걸로. 어떤 거든 다 좋아. 약속해.

전부 다?

네가 골라 봐.

한동안 우리는 말없이 걸었다. 에스터는 더는 울지 않았다. 우린 두 번째 커브에 이르렀고, 그 뒤 세 번째 커브가 나왔다. 휴대전화 불빛이 닿는 곳을 제외하면 칠흑 같은 어둠이었다. 여전히 전화 한 통 걸려 오지 않는 휴대전화의 램프를 도로 가장자리에 비추자 덤불이 보이고, 절벽이 보이고, 흙 같은게 보였다. 계곡으로 짐작되는 곳을 바라보았지만 구름이라도 잔뜩 끼었는지 불빛 하나 보이지 않았다. 위를 올려다보았지만 달은 보이지 않았다.

아빠, 에스터가 말했다. 이거 알아? 왜…….

옆에서 뭔가 딱 부러지는 소리가 났다. 에스터는 비명을 질렀고, 나는 풀쩍 뛰어 에스터 앞을 막아섰는데, 커다란 형체가 네발로 우리 앞으로 뛰어가더니 도로 아래로 내달렸다. 에스터는 울음을 터뜨렸다. 나는 에스터를 안아 올려 입을 맞추었다. 에스터의 눈물에서 짠맛이 났다.

산양이야, 내가 말했다. 아니면 그 비슷한 거던가. 산양일 거야.

해적선도?

뭐라고?

해적선도 가져도 돼? 큰 해적선으로?

물론이지. 아주 큰 해적선도 사 줄게.

커브를 두 번 더 돌고 나자 마치 세상이 꺼지기라도 한 느낌이었다. 우리를 둘러싼 사방이 얼마나 고요하고 어두운지 마치 에스터와 나만 존재하고, 살을 에는 추위 속에 우리 발자국 소리만 들리는 듯했다. 나는 흥얼거리기 시작했다. 흥얼거리는 소리를 스스로 가만히 들어 보니 귀에 익은 멜로디였다: 런던 다리 무너졌다.

같이 노래하자, 내가 말했다: 무너졌다, 무너졌다. 런던 다리 무너졌다…….

에스터는 노래를 부르려고 하다가 입을 다물었고, 나 역시 내 목소리가 내는 소음을 더는 견딜 수가 없어서 입을 다물었고, 에스터는 금방 다시 울음을 터뜨렸다. 나는 에스터를 안아 들었다. 내 뺨에 닿은 딸의 얼굴이 따뜻하고 촉촉하게 느껴졌다. 다음 커브를 돌고 나자 나는 벌써 숨이 찼고, 균형을 잃지 않으려면 두 배로 더 조심스럽게 걸어야 했다.

배터리가 가장 큰 걱정거리였다. 불빛이 필요했고, 배터리가 방전되기 전에 아래에 도착해야 했다. 나는 에스터를 안은 위치를 이리저리 바꿔 보았지만, 그럴 때마다 잠시 좀 괜찮다가 곧 다시 통증이 찾아왔다. 순식간에 근육이 떨리고, 손가락은 부러질 듯 아팠다.

집에 갈래, 에스터가 중얼거렸다.

에스터의 불안감이 전해져 오면서, 내게 기대면 더 안전하다고 여기는지 딸이 세게 몸을 밀착해 오는 게 느껴졌다. 에스터를 보호할 방법이 전혀 없다는 사실이 견디기 힘들었다.

곧 집에 갈 거야, 내가 중얼거렸다.

이제 더는 에스터를 안고 갈 수가 없어서 내려놓았다. 나는 심호흡을 하며 팔을 흔들었다. 눈을 감자 기하학 무늬들이 아른거렸는데 무늬들은 서로 뒤엉키고 커지면서 그 자리에서 빙빙 돌았다. 그걸 보고 있자니 어지러워 얼른 다시 눈을 떴다.

울 필요 없어, 나는 에스터를 다시 안아 올리며 말했다. 곧 도착할 거야.

어디에 도착하는데?

아무 집에나 초인종을 울릴 거야, 내가 말했다. 일단 가게부터 가 보자. 마을에 가게가 하나뿐인데, 주인이 아는 사람이야. 가게가 있는 그 건물에서 살고 있을 게 분명해. 가게에는 전화도 있어. 거기서 엄마한테 전화하자.

이제 하늘이 약간 환해지면서 나무들이 어렴풋이 보였다. 다음 커브를 돌자 나무들은 더 또렷이 보였다. 어느 집에서 흘러나오는 불빛이 나무줄기들 사이로 가물가물 어렸다.

됐어, 내가 말했다. 에스터의 무게 때문에 팔 근육이 떨려왔지만 이젠 상관없었다. 그래도 재미있었지, 그래도 신났지! 정말 희한한 일이었어, 그치?

에스터는 대답이 없었다. 안도감으로 보폭을 점점 넓히다가 나는 뛰기 시작했다. 휴대전화의 램프를 껐다. 여전히 전화는 한 통도 걸려 오지 않았다. 숲이 옅어지고, 도로는 환하게 불이 밝혀진 창문 쪽으로 나 있었다. 나는 몇 걸음 더 옮기다 그 자리에 멈춰 서고 말았다. 순간 비슷한 집일 뿐, 착각에 불과하길 진심으로 바랐다. 뾰족한 지붕, 널찍한 현관문, 그 앞의 텅 빈 주차장, 불빛으로 환한 커다란 창문, 그 창문으로 기다란 탁자, 부엌, 그리고 복도 쪽으로 열린 문이 보였다. 착각이 아니었다.

다시 돌아왔어, 내가 말했다.

뭐?

다시 돌아왔다고, 나는 말하며 에스터를 내려놓았다. 구토가 날 지경이었지만 그러면 안 되니까 억지로 참았다. 아이 앞에서 구토를 하면 안 된다.

하지만 우린 계속 아래로 내려갔잖아…….

복잡해, 나는 목쉰 소리로 말했다. 내일 설명해 줄게, 지금은 자야 해.

하지만…….

지금은 밤이 깊었어, 내가 말했다. 모험은 끝났어. 그래도 재미있었잖아! 이젠 잠자리에 들 시간이야.

근데 배고파!

그건 걱정 마, 나는 헐떡거리며 쉰 목소리로 말했다. 냉장고에 먹을 게 많아. 아빠가 요리해 줄게. 우린 집에 온 거야.

이제 에스터는 소파에서 잠들고, 나는 내 재킷을 에스터에게 덮어 주었다.

조금 전에 어떤 남자가 방에 있었다. 남자는 위험해 보이기 보단 오히려 피곤해 보였다. 턱수염이 없는 걸로 보아 액자 속 남자는 아니었다. 오히려 눈이 가느단 여자와 닮아 보였다. 내가 잘 구별하지 못하는 이유는 남자가 서 있는 곳이 바닥이 아니라 천장으로, 마치 도움을 청하듯 나를 내려다보고 있었기 때문이다. 그러나 남자는 이곳에 잠깐만 머물렀고, 내가 너무 지친 나머지 환상을 본 건지도 모른다. 노출 전구와 다리가 부러진 의자가 놓인 텅 빈 방의 다른 쪽에 지금도 두 번째 문이 있다고 여전히 착각하는 것처럼 말이다. 나는 에스터를 데리고 복도를 나오면서 또 다른 문이 열려 있고, 그 뒤로 노출 전구와 열린 문이 있는 두 번째 빈 방을 보았고, 그 뒤에 다시 세 번째 방이 있는 걸 보았다. 아주 잠깐 본 것이어서 세 번째 방의 바닥에서 정말 뭔가 움직였는지는 나도 확실치 않았다. 우리는 얼른 거실로 갔고, 문을 걸어 잠갔다.

문제는 장소 자체다. 집이 문제가 아니라. 집은 전혀 위험하지 않지만, 아무것도 세우면 안 될 장소에 놓여 있을 뿐이다. 이런 장소들이 더 있겠지만 아마도 접근하기 힘든 곳에 있을 것이다. 아직 아무도 발을 들여놓지 못한 산속 동굴이나 심연 같은 곳에. 아니면 이곳이 정말 유일하게 그런 곳이고, 그

다음 장소는 무한한 우주에서 몇 광년 떨어져 있을지도 모른다. 이런 생각을 하면 마음이 몹시 혼란스럽다. 꾸며 낸 게 아니라 실제로 존재하는 무한성을 생각하면. 사물과 존재와 은하와 은하단과 은하단의 무리들로 가득한 무한성은 어느 방향으로든 끝도 없이 계속 이어진다. 그러다 드문드문 물질이 희박해지는 곳이 있다.

말. 말은 실제를 있는 그대로 표현해 내지 못한다.

그러나 이제 왜 다들 그런 얼굴을 하고 있는지 이해가 된다. 왜 그런 표정일 수밖에 없었는지. 그건 그들이 보았던 것 때문이다.

눈을 감으면 저기 무늬가 보인다. 뾰족한 구멍이 난 곳으로 벌레처럼 기어간다. 그곳은 위험하지 않지만 함정이다. 마치 절벽 틈새처럼. 처음에는 틈새에서 충분히 기어 나올 수 있지만 머리 위로 하늘이 보이면 위험하지 않다는 생각이 들어 꾸물거리게 되고, 흥미로운 크리스털이라도 발견하면 사방을 둘러보기 시작한다. 그러다가 기어 나오려고 할 때에야 비로소 잡을 데가 마땅치 않다는 걸 너무 늦게 깨닫는다.

아마도 이는 지각과 관계있는 것 같다. 그래서 모든 사람을 단숨에 강력하게 잡아끌지 않으며, 아마도 어린아이보다는 내게 더 강력하게 작용한 모양이다. 에스터를 혼자 아래로 내려가게 했어야 하는 게 아닐까. 하지만 만약 잘못된 판단이라면, 그 결과를 누가 알겠는가?

나는 모든 걸 기록해 두었다. 누군가 이 노트를 발견할지도 모른다.

노트를 발견한다면?

그래도 이미 정해진 일로 처리하고 말 것이다.

에스터는 꿈쩍도 하지 않는다. 완전히 널브러져서 누워 있다. 해방된 것처럼. 호흡이 깊고 규칙적이다. 내가 할 수 있는 일은 아무것도 없다.

각도 문제도 이제 더 잘 이해된다. 말로 설명하기는 쉽지 않다. 어쨌든 이런 말로는. 새로운 말로는 설명이 가능할 것이다. 하지만 왜 그런 수고를 해야 하는지. 3차원에다 또 다른 3차원을 다른 측면, 그러니까 안쪽에서부터 더한다고 할 때, 생각해야 할 것은…… 그런데 이걸 누구에게 설명해야 하지? 이 집에서 영원히 머물 존재들에게? 그들은 오래전에 이를 알았고, 이미 훨씬 많은 걸 알고 있다.

하지만 어쩌면 나는 그에게, 그러니까 나에게, 그러니까 조금 전까지 나였던 그에게 이런 방식으로 경고할 수 있다. 어쩌면 파동을 일으키는 시간을 통해 그에게 외쳐 본다. 가 버려. 그에게 소리친다. 가 버려, 너무 늦기 전에. 이렇게 속삭이고, 이렇게 울부짖는다. 네 영화에 신경 쓸 게 아니라 눈을 뜨고 자신이 어디에 있는지 보아야 한다고. 어떻게든 그에게까지 헤치고 가 본다, 그가 내 말을 들을 때까지, 그가 이것을 읽을 때까지, 그가 이것을 볼 때까지, 그가 이해할 때까지.

소용이 없었다. 내가 시도해 보았다. 나는 여전히 이곳에 있다. 그래서 갈 수 있을 때 그는 가지 않았고, 그래서 내가 여기 머물러 있다.

2층에서 나는 발자국 소리. 그 소리도 이제 더는 나를 놀라게 하지 못한다. 이제 나는 완전히 다른 두려움을 느낀다. 누군가 위층 복도를 걸어갔고, 무언가 바닥에 떨어지며 쨍그랑 깨졌고, 그리고는 계단이 삐걱거리는 소리가 났고, 그러더니 현관문이 저절로 닫혔다. 다시 조용하다.

밖이 환해져 온다. 에스터가 잠에서 깨면 어떻게 설명할까, 뭐라고 설명해야 할까? 아직 이틀간 먹을 양식이 있지만, 이제 곧 음식이 중요하지 않게 될 거라고 무언가가 내게 말해 온다.

분명히 무슨 소리가

아내는 가고 없다. 나는 혼자다, 맙소사, 아내가 없다. 지금은 기다려야 한다는 뜻이다.

내겐 시계가 없고, 휴대전화 배터리는 방전되었고, 조금 전까지만 해도 탁자에 놓여 있던 충전기는 이제 보이지 않는다. 30분은 족히 흐른 것 같지만, 아무려면 어떤가, 시간이란 어차피

이제 45분이다. 그들이 곧 다시 나타나지 않는다면 그들은 분명히 그들은

그들이 해냈다.

날이 밝았고 에스터가 잠에서 깨 몸을 뒤척일 때, 갑작스런 자동차 소리가 들렸다. 난 그 소리가 뭔지 금방 알아챘고, 서둘러야 한다는 것도 알았다. 에스터를 번쩍 안아서 문을 열

어젖히고 복도로 나갔지만, 이제 복도는 거실 앞 복도가 아니라 2층 복도였고, 원래보다 훨씬 더 길었다. 아이 방문 앞을 지날 때 다행히 방문은 닫혀 있었고, 또 다른 침실 앞을 지나 달리고 또 달리는 동안, 품에 안겨 있던 에스터가 뒤척이며 당황했는지 사방을 두리번거렸다. 복도가 계속 늘어나면서, 나는 달리고, 비틀거리고, 균형을 잡고, 계단을 향해 계속 내달리고 있는데, 밖에서 경적 소리가 들렸다. 잠이 덜 깬 에스터가 기지개를 켜다가 벽에 걸린 그림에 부딪히면서 고통스러운 비명 소리를 질렀고, 유리 깨지는 소리가 들렸다. 나는 달리고 또 달리면서도 아직도 달리고 있다는 사실이 믿을 수가 없었다. 에스터는 신음 소리를 내기 시작했다. 끝도 없이 계속 이렇게 달려야 할지도 모른다는 생각이 퍼뜩 들었지만, 그때 계단에 이르러 얼른 내려갔다. 현관문을 열어젖히고 바깥으로 비틀거리며 나왔다.

그곳에 내 자동차가 있었다. 헤드라이터는 켜져 있고, 와이퍼가 움직이고, 공중에는 가느다란 보슬비가 가득 흩뿌리고 있다. 운전석에 수잔나가 앉아 있다.

수잔나는 시동을 끄지 않은 채 차에서 내렸다. 수잔나는 창백했고, 얼굴에 주름이 가득한 모습으로 서둘러 말을 꺼냈다. 얼마나 걱정했는지 모르며 전화도 수백 번 했다고, 하지만 나도 어쩔 수 없었다고, 그냥 전화를 받을 형편이 아니었다고, 어린아이와 함께 있다 보면 그럴 수 없는 상황도 있다고 말했다.

뒷문을 열어 뒷좌석에 에스터를 앉혔다. 에스터는 눈을 동그랗게 뜨고 나를 쳐다보았다. 나는 몸을 숙여 에스터에게 입맞춤을 했다. 딸의 뺨이 뜨거웠다. 열이 있었다. 나는 딸에게 뭔가 말하려고 입을 벌렸지만 아무 말도 떠오르지 않았다.

적절한 말이 없었다. 그래서 자동차 문을 닫고 말았다.

그 남자, 중요한 사람 아니야, 수잔나가 말했다. 내겐 상관없는 사람이야. 아무 의미 없는 사람이고, 다신 절대 만나지 않을 거야.

수잔나가 누굴 두고 하는 말인지 이해하기까지 잠시 시간이 걸렸다.

실수였어, 수잔나가 말했다. 말도 안 되는 실수였어.

출발해, 내가 말했다.

하지만……

이젠 나만의 시간이 필요해, 내가 말했다. 말을 할 수가 없어. 곰곰이 생각해 봐야겠어. 그래, 곰곰이 생각해 봐야 해. 이 모든 상황을.

하지만 여기서는 안 돼!

여기가 좋아, 내가 말했다. 여기선 마음이 편해, 여기선 곰곰이 생각하기 좋아. 모든 것에 대해. 이제 출발해. 얼른 가! 내가 연락할게. 가.

수잔나가 뭔가 말하려 했다.

안 돼, 내가 말했다. 나를 믿어. 어서 출발해!

수잔나는 고개를 끄덕였다.

서로 마주보는 순간, 나는 나 자신이 두 존재로 쪼개진 것 같은 느낌이 들었다. 이제 다시는 수잔나와 에스터를 보지 못하리라는 사실이 견딜 수 없는 무게로 나를 짓눌렀다. 목이 조여 왔고, 호흡이 힘들었고, 견딜 수가 없었다. 그러면서도 두 사람이 너무 멀게 느껴져서 내가 돌아갈 수 없는 그곳으로 정말 돌아가길 원하는지조차 알 수 없었다. 나는 아내를 안았지만, 마치 다른 누군가가, 그냥 나와 이름만 공유하는 다른 사람이 한 행동처럼 느껴졌다. 이름이 뭐였더라? 나는 기억해 보려 애썼다. 우린 몇 초간 서로 안고 있있다. 그 정도도 긴 시간이다. 내가 몸을 떼며 수잔나를 밀어내고, 뒤로 물러서며 떨리는 목소리로 말했다. 가!

수잔나는 고개를 끄덕이더니 차에 올라탔다. 자동차는 출발과 함께 멀어져 갔다. 한순간 뒷좌석에 앉은 에스터의 창백한 얼굴이 보였지만 두 사람은 이내 커브길 뒤로 사라졌다. 잠시 자동차 소리가 좀 더 들렸다.

머리 위로 비가 흘러내렸다. 나는 집을 올려다보았다. 이제 그 집이 얼마나 달라 보이는지. 나는 천천히 안으로 들어갔다.

이렇게 해서 보고는 모두 끝났다. 창문을 타고 빗물이 흘러내린다. 구름이 잔뜩 끼어 있어서 방 안 모습이 유리창에 아주 또렷하게 비친다. 기다란 탁자, 찬장, 부엌, 문. 유리창에 비친 방에는 아무도 없다. 그러나 탁자 위에는 노트가 놓여 있다.

그제야 나는

지금 독일에서
가장 독창적인 스토리텔러

독일 문단에서 크게 주목받는 작가 다니엘 켈만의 작품은 독특하고 독창적인 구성이 일품이다. 그중에서도 작가 특유의 구성과 스토리텔링을 잘 보여 주는 작품이 바로 『너는 갔어야 했다』이다.

숙박 공유 어플리케이션으로 별장을 임대해 휴가를 보내는 주인공은 이 집에서 특이한 경험을 하게 된다. 거실 유리창에 반사된 방 안 모습은 모든 게 그대로지만 '나'만 그 자리에 없다. 아이 방에 설치해 둔 베이비 모니터에 나오는 장면은 조금 전 '나'의 모습이다. 집 안에서 삼각자로 각도를 재어 보지만 잴 때마다 각도가 다르다. 아무것도 없던 벽에는 처음 보는 사진이 걸려 있다가 다시 사라지는 등, 마치 집 안에 누군가 있는 듯 기괴한 느낌이 든다.

당황한 주인공은 현관문을 열고 밖으로 나가 보지만 다시 거실이 나오면서 도무지 이 집을 빠져나갈 도리가 없다. 그러다가 뒷걸음질로 집을 빠져나가는 데는 성공하지만 한참 내리

막길을 내려간 뒤에 도로 그 집 앞에 이른다. 기이하고 의미를 알 수 없는 여러 가지 일들이 계속해서 일어나는 가운데, 작가인 주인공의 메모에는 자신도 모르게 '가 버려'라는 글이 자꾸만 기록된다. 계속 떠나라고 부추기는 이 집의 보이지 않는 기운은 이 집이 애초부터 들어서면 안 될 터에 지어졌고, 이곳을 떠나지 못하고 실종된 사람들이 여럿 있음을 보여 준다.

작가의 다른 작품에도 『너는 갔어야 했다』와 서로 맥을 같이 하는 부분들이 눈에 띈다. 아홉 개의 단편으로 이루어진 『명예』는 각각 서로 다른 주인공을 등장시켜 독립적으로 이야기를 풀어 가지만 이야기는 서로 묘하게 연결되어 있다. 『명예』에 나오는 배우 랄프는 잘못 부여된 전화번호로 인해 스스로 존재하지 않는 사람이 되어 버렸다. 자기 스스로 자신을 대역하게 된 랄프는 자신의 닮은꼴로 살아가면서 거울 앞에서 이런 생각을 한다. "어느 쪽이 진짜이고 어느 쪽이 반사된 모습인지 아리송하다." 이는 『너는 갔어야 했다』에서 유리창에 반사된 방 안 모습이 자주 등장하는 부분과 맞닿아 있다. 유리창에 비친 거실에 주인공만 보이지 않는다는 부분에서 작가가 의도한 건 정체성 혼란이 아닐까.

또 『명예』에 등장하는 소설가 레오는 이런 말을 한다. "이야기 속의 이야기 속의 이야기. 이야기가 어디서 끝나고 어디서 시작하는지는 아무도 모른다." 『너는 갔어야 했다』의 미스터리한 집에서 일어나는 일들은 마치 어디서 시작하고 어디서 끝나는지 알 수 없는 도돌이표 이야기처럼 서로 뒤섞이고 이어져 있다.

작가의 또 다른 작품 『에프』에서는 가톨릭 신부, 투자전문가, 미술 큐레이터로 성장한 세 아들이 자신을 속인 채 가짜의 삶을 살아가는 모습이 그려진다. 이들은 진짜가 아닌 가짜의 삶을 통해서만 자신의 정체성을 인정받은 인물들이다. 이들을 버리고 떠났던 아버지는 소설가가 되어 뒤늦게 나타나서는 손녀인 마리를 데리고 유원지에 간다. 유원지의 미로공원에 들어간 마리는 유리로 된 출구 앞까지 왔지만 끝내 출구를 찾지 못해 울음을 터뜨린다. 미로공원이라는 소재와 출구를 찾지 못하고 맴도는 모습 역시 『너는 갔어야 했다』와 겹치는 지점이 있다. 라틴어로 운명을 뜻하는 'Fatum'의 약자인 『에프』는 아버지와 세 아들의 이야기가 단절된 듯 보이지만 실은 운명적으로 이어져 있음을 보여 준다.

이 세 작품에서 공통적으로 나타나는 주제는 현대인의 복잡한 삶과 혼란에 빠진 정체성, 이로 인한 진짜와 가짜의 혼동이다. 작품에서 이를 극명하게 드러내는 도구가 바로 거울과 반사다. 거울 속에 비친 나, 그리고 유리창에 반사된 모습에서 나만 없다는 설정을 통해 작가는 현대인이 가진 정체성의 실체를 들여다보려는 듯하다. 거울을 보는 나와 거울에 비친 나, 나와 나의 닮은꼴을 대역하는 나, 진짜인 나를 숨긴 채 가짜의 삶을 살아가는 나. 과연 어느 쪽이 진짜 나일까. 작가는 이렇게 한없이 비틀고 꼬면서 인간의 근본적 문제와 정체성을 파고든다.

1975년생인 다니엘 켈만은 젊은 작가답게 현대의 미디어 환경을 잘 이해하고 이용할 줄 알며, 현실과 가상을 자유롭게

넘나들면서 독창적인 작품 세계를 펼쳐 나간다. 그래서 그의 작품들은 마치 퍼즐을 맞춰가듯 흥미진진하게 읽힌다.

손에서 책을 놓지 못하게 만드는 매력을 지닌 작품 『너는 갔어야 했다』는 공포 영화의 명가로 인정받는 미국의 제작사 '블룸하우스 프로덕션'에서 케빈 베이컨과 어맨다 사이프리드가 주연을 맡아 영화로 만들어질 계획이다.

2019년 1월

임정희

옮긴이
임정희

이화여자대학교 교육심리학과를 졸업하고, 한국외국어대학교 통번역대학원에서 독일어로 석사학위를 취득했다. 현재 전문 번역가로 활동하고 있다. 옮긴 책으로 다니엘 켈만의 『명예』와 『에프』, 틸로 보데의 『식품 사기꾼들』, 조지아 단편집 『우리가 몰랐던 조지아 소설집』, 안셀름 그륀의 『성탄의 빛』 등 다수가 있다.

너는 갔어야 했다

1판 1쇄 펴냄 2019년 3월 1일

1판 2쇄 펴냄 2024년 4월 2일

지은이 다니엘 켈만
옮긴이 임정희
발행인 박근섭, 박상준
펴낸곳 (주)민음사

출판등록 1966. 5. 19. 제16-490호
서울시 강남구 도산대로 1길 62(신사동)
강남출판문화센터 5층 06027
대표전화 02-515-2000 팩시밀리 02-515-2007
www.minumsa.com

ISBN 978 89 374 2950 7 04800
ISBN 978 89 374 2900 2 (세트)

* 잘못 만들어진 책은 구입처에서 교환해 드립니다.